Und Gott schuf den Menschen
zu seinem Bilde, zum Bilde Gottes
schuf er ihn; und schuf sie als
Mann und Frau.

Gen 1,27

Karl-Heinz Knacksterdt hat erst nach dem Eintritt in das Rentenalter seine Liebe zum Schreiben romanhafter Literatur entdeckt. Jahrgang 1941, war er lange Zeit ehrenamtlich in einer Kirchengemeinde in Oldenburg aktiv - Kirchenältester und Lektor waren dort seine Professionen. In seiner beruflichen Laufbahn hat er sich über vier Jahrzehnte mit Problemen der Informationsverarbeitung befasst.

Er ist seit mehr als 50 Jahren mit seiner Frau Annelie verheiratet; zwei verheiratete Kinder und zwei Enkel gehören zur Familie.

Die biblischen Bilderzyklen seiner Frau Annelie als Inspirationsquellen haben ihn motiviert, sich mit großen Frauen der Bibel auseinander zu setzen. Zusätzliche Informationen aus diversen Quellen haben dafür gesorgt, dass seine Arbeiten über das erzählerische hinaus auch historisch und, soweit erforderlich, theologisch korrekt sind.

Die drei wundersamen
Existenzen von

Eva und Adam

Erzählt und aufgeschrieben
durch
Karl-Heinz Knacksterdt

Bibliografische Information der Deutschen Nationalbibliothek
Die Deutsche Nationalbibliothek verzeichnet diese Publikation
in der Deutschen Nationalbibliografie;
Detaillierte bibliografische Daten sind im Internet
über http://dnb.d-nb.de abrufbar

© 2017 Karl-Heinz Knacksterdt
Layout und Realisierung Karl-Heinz Knacksterdt

Titelgestaltung: Karl-Heinz Knacksterdt

Das Werk einschließlich seiner Teile ist urheberrechtlich geschützt. Jede Verwertung außerhalb der engen Grenzen des Urheberrechtsgesetzes ist ohne Zustimmung des Autors unzulässig. Dies gilt insbesondere für die Verwendung der Bildmotive und ihrer Darstellungsweise.

Herstellung und Verlag:
BoD - Books on Demand, Norderstedt

ISBN 978-3743-19409-0

Eva und Adam

Inhalt

1.	Adam und Eva Holdorf	7
2.	Der Anfang der Geschichte	19
3.	Der Garten des Herrn	27
4.	Leben im Paradies	33
5.	Neubeginn – ganz ohne Paradies	61
6.	Begegnungen	71
7.	Neue Zeiten	85
8.	Partnerprobleme – Die Krise	105
9.	Der Brudermord Kain und Abel	115
10.	Evas Aufbruch	125
11.	Eine fremde Welt	139
12.	Adams zweites Alleinsein	149
13.	Eva und Kain	159
14.	Das Wiedersehen	175
15.	Im Schatten des Regenbogens	187

Nachlese 199
Die Personen 203

Bilder im Buch von Annelie Knacksterdt
(www.akgalerie.de)
Seite 32 „Der sechste Tag" Öl auf Leinwand
50x60 cm 1999
Seite 121 „Kains Tod" Acryl auf Leinwand
60x110 cm 2011

Seite 195 „Transition" - Foto des Autors (2001)

1. Kapitel

Adam und Eva Holdorf

Eva und Adam

Alle alten Städte sind stolz auf ihre Vergangenheit, obwohl die Lebenden doch eigentlich nichts dafür geleistet haben. Aber sei's drum, denn 'Was du ererbt von deinen Vätern, erwirb es, um es zu besitzen!' - und nach diesem Motto verfahren viele dieser Städte, pflegen ihre Schätze und zeigen sie auch gern ihren Besuchern.

So ist es auch hier im schönen Hildesheim, etwa 30 Kilometer südöstlich der niedersächsischen Landeshauptstadt Hannover.

Die an fast jedem Werktag von Montag bis Donnerstag nachmittags um vier vom Stadtmarketing angebotenen Stadtführungen finden bei Touristen, aber auch bei Einheimischen viel Zustimmung. So kann man auf diese Weise, zumeist sehr unterhaltsam, für ein kleines Entgelt viel über die Stadt, ihre Gebäude, die Kultur und ihre Vergangenheit erfahren, auch über die im Krieg zerstörten und ihre erhalten gebliebenen oder wieder aufgebauten mittelalterlichen Teile.

Die Stadtführungen, zumeist von ehrenamtlichen, manchmal aber auch von besoldeten Stadtführern geleitet, finden stets ihr Publikum. Ganz besonders beliebt sind die außerdem freitags und samstags am frühen Abend stattfindenden Führungen unter Leitung eines als Stadtwächter gekleideten Mitarbeiters der Stadt.

Stilecht ausgerüstet mit einer dunkelgrünen Samt-Pluderhose, weißen Kniestrümpfen, die Füße in mittelalterlich anmutenden Schnallen-Schuhen, ein Wams ebenfalls aus Samt in den Stadtfarben gelb und rot; auf dem Kopf ein Barett mit langer Feder – dieser

Eva und Adam

Mann hätte auch vor zweihundert Jahren hier stehen und seinen Dienst als Stadtwächter antreten können.

Dreimal stößt der Stadtführer und -wächter mit dem bändergeschmückten Stab in seiner Rechten auf den Boden und heischt um Aufmerksamkeit, in der linken Hand hält er seine Laterne.
„Hört ihr Leute, lasst euch sagen:
ER schuf die Welt in sieben Tagen!"
Mit seiner sonoren Baritonstimme, die auch im Chor des Stadttheaters gefragt ist, beginnt er stets seine Abend-Führungen durch das romantische mittelalterliche Hildesheim und fährt mit seinem Nachtwächter-Lied fort:
„Am ersten Tag war nur ein Nichts
am zweiten wich die Finsternis
am dritten kamen Pflanzen her
am vierten Sonn', Mond, das Sternenmeer
am fünften Tag gab es viel Getier
am sechsten waren die Menschen hier!
Und dann war's gut, ER streckte sich hin
ein Tag der Ruhe – darauf stand IHM der Sinn."

Als er mit seiner kleinen Begrüßung geendet hat, kommt bei seinen Zuhörern Beifall auf – eine solches Willkommen haben sie noch nie erlebt.

Seine Führungen sind fast immer ausgebucht, so dass im städtischen Touristikbüro deshalb sogar Wartelisten geführt werden müssen!

Eva und Adam

Der fast Sechzigjährige, der seine Zuhörer freitags und samstags am frühen Abend bei seinen Führungen durch die Hildesheimer Altstadt mit einem Bibelspruch begrüßt, ist weit über die Stadt hinaus bekannt und wohl angesehen.

Adam Holdorf, so heißt dieser schon äußerlich imposante und auch durch sein mittelalterliches Aussehen besonders beeindruckende Mann, hat die Position als Stadtführer schon seit über dreißig Jahren inne, als sein Vorgänger die schöne Arbeit krankheitsbedingt aufgeben musste und er sie von ihm übernahm; diesen Schritt hat er nie bereut!

Für den Lebensunterhalt reichte das Salär als Stadtführer natürlich nicht, sodass er den Hauptteil seiner Arbeitszeit in einem Büro der Stadtverwaltung verbrachte, wo er – zumeist langweilige - Akten aus dem Straßenbauwesen bearbeitete. Manchmal jedoch, wenn Bauarbeiter bei Baggerarbeiten anlässlich der Kanalsanierung oder bei anderen Schachtarbeiten auf Funde aus alter Zeit stießen, war er in seinem Büro nicht zu halten. Sein Vorgesetzter war glücklicherweise zumeist damit einverstanden, wenn er in diesen Fällen seine Akten Akten sein ließ und sich seinem Hobby, der Stadtforschung, widmete. So mancher im Handbuch der Stadt veröffentlichte Fund wurde durch ihn zu einem weiteren wichtigen Mosaikstein in der Stadtgeschichte.

Weil trotz der Arbeit im öffentlichen Dienst das Geld der Eheleute Holdorf ziemlich knapp gewesen wäre, gab es auf diesem Gebiet eine gewisse Entspannung, als seine geliebte Frau Eva vor nun

Eva und Adam

schon fast zwanzig Jahren die kleine Kneipe in der Altstadt von ihren Pflegeeltern übernahm. Eva war überzeugte 'Kneipen-Wirtin' mit viel Gefühl für die kulinarischen Wünsche und die Befindlichkeiten ihrer vielen Gäste, von denen die Mehrzahl zu den Stammgästen gezählt werden konnte.

Adam nutzt hin und wieder die Existenz der Kneipe mit dem schönen Namen „Alte Zeiten", um die Teilnehmer an seinen abendlichen Stadtführungen dort noch zu einem kleinen Umtrunk zu verführen; diese Abendführungen - wie schon gesagt, waren ausschließlich freitags und samstags - fanden bei Einheimischen und Fremden viel Zuspruch, denn es hatte sich herumgesprochen, dass es immer sehr interessante, spannende Stunden waren.

Treffpunkt war auch an diesem lauen Sommervorabend der historische Rolandbrunnen auf dem Marktplatz. Eine Gruppe von zwölf Personen hatte sich an diesem Freitag dazu eingefunden.

„Ja, meine Herrschaften, auch Hildesheim war einmal Hansestadt, wie an diesem Brunnen noch unschwer zu erkennen ist. Die Roland-Denkmäler waren und sind ja, soweit in den alten Hansestädten noch vorhanden, das Symbol für die Zugehörigkeit zu diesem alten Städtebund, und sie dokumentieren auch den damaligen Reichtum einer Handelsstadt.
Hildesheim selbst ist ja schon weit über 1000 Jahre alt, erst kürzlich feierten die großen Kirchenbauten, St. Michaelis und der Mariendom, ihre tausendsten Geburtstage!
Betrachten wir jetzt aber zunächst diesen wunderschönen, aus den

Eva und Adam

Trümmern des Krieges wiedererstandenen Marktplatz!"

Adam wendet sich nach links, dem alten Rathaus zu und erzählt von dessen Schicksal vor dem Krieg und auch danach, anschließend gibt es von ihm viele interessante Erklärungen zum Templerhaus, zur Judengasse, zum Knochenhauer Amtshaus und den anderen wieder erschaffenen mittelalterlichen Häusern am Marktplatz.

„Lassen Sie uns jetzt hinübergehen auf den 'Hohen Weg', wichtiger Teil der Fußgängerzone, die Sie ja sicher schon von Ihren Einkäufen kennen."
Die Gruppe folgt ihm unter munterem Geplauder, die Frauen werfen hin und wieder einen Blick in die Auslagen der Geschäfte.
„Am oberen Ende dieser Einkaufsstraße finden wir ein Denkmal, das mich immer wieder fasziniert: es ist einem Waldgeist, einem Kobold gewidmet, dem sogenannten 'Huckup', von dem es eine Sage gibt, die ich Ihnen zu einer anderen Zeit vielleicht noch erzählen werde. Am Sockel des Denkmals finden Sie einen Spruch in altem Hildesheimer Platt, der auf die Sage Bezug nimmt:

Junge, lat dei Appels stahn,
süs packet deck dei Huckup an /
Dei Huckup is en starken Wicht,
hölt mit dei Stehldeifs bös Gericht.

Der Spruch will uns sagen, dass dem Menschen das schlechte Gewissen wie dieser abstoßende Kobold nach einer unrechten Tat immer im Genick sitzt! Die Frauen und Männer der Gruppe sind

Eva und Adam

erstaunt über diese zwar nicht besonders schöne, aber eindrucksvolle Skulptur ...

Bei der großen Stadtführung, die ja ebenfalls angeboten wird, hätte ich mit Ihnen einen Abstecher zum 'Umgestürzten Zuckerhut', nach St. Michaelis und zum Dom gemacht - aber jetzt, zum Abend hin, scheint mir die Altstadt für Sie doch reizvoller zu sein - Sie werden mir im Nachhinein zustimmen.

Wir gehen jetzt in den erhaltenen oder rekonstruierten Teil des mittelalterlichen Hildesheims, wenn Sie mir bitte folgen wollen ...!"

Vorbei an den erleuchteten Schaufenstern der Schuhstraße biegt die Gruppe, der Stadtführer mit Stab und Laterne voran und dabei ständig erklärend oder im Gespräch mit seinen Gästen, rechts ab in die schmale Altpetriestraße hin zum Pelizaeusplatz.

„Gleich links finden wir die Kreuzstraße mit der Kirche 'Heilig Kreuz', eine der insgesamt über 40 Kirchen der Stadt. Die südliche Wand dieser Kirche war ganz früher eines der Stadttore des 'Kern'-Hildesheim, außerhalb lag die Neustadt, eine eigene Stadt. Wir folgen der Kreuzstraße und biegen links ab in den Brühl. Im nördlichen Teil wurden im Krieg hier fast alle Gebäude zerstört, Brandbomben der Alliierten waren die Ursache ..."

Und so geht es weiter mit der informativen, spannend und hin und wieder auch humorvoll dargebotenen Stadtführung.

Der Weg vorbei an den vielen wunderschönen, teilweise aus dem

Eva und Adam

16. Jahrhundert stammenden alten erhaltenen oder rekonstruierten Fachwerkhäusern begeistert die Gruppe, denn Adam Holdorf weiß über fast alle Gebäude in diesem schönen, alten Teil Hildesheims Vieles zu berichten.

Am Denkmal für die von den braunen Schergen zerstörte Synagoge hält der Stadtführer kurz inne.

„Von hier, meine Damen und Herren", Adam ergreift wieder das Wort, „von hier sehen Sie ganz wunderbar den Kehrwiederturm, den letzten der erhaltenen Wehrtürme der Stadt, etwa im 14. oder 15. Jahrhundert erbaut. Eine schöne Sage rankt sich um den Turm - von einem adeligen Fräulein, das sich im Wald verirrt hatte und durch das Geläut des Turmes wieder in die Stadt finden konnte.

Wir gehen noch ein paar Schritte durch die schöne Kesslerstraße bis zur Knollenstraße, die linker Hand liegt. Die alten Häuser hier haben den Feuersturm 1945 fast unbeschadet überstanden, wir freuen uns darüber sehr! In der Kesslerstraße waren übrigens, bis auf zwei oder drei Ausnahmen, nur Häuser damals armer Leute zu finden, sogenannte 'Gotische Buden'. Sie war einmal die Straße der Kesselflicker, wie schon der Name sagt".

Wie schon zuvor, sind die Gäste von den wunderschönen Häusern tief beeindruckt ...

Der Stadtführer nimmt seinen Stab und stößt ihn drei Mal fest und lautstark auf den Boden. Mit einem Lachen in den Augenwinkeln erklingt noch einmal sein kräftiger Bariton:

Eva und Adam

„Liebe Leute, lasst euch sagen
die Uhr schlägt acht, mir knurrt der Magen!
Hat's euch gefreut, dann bin ich froh
wenn nicht, naja, dann ist's halt so!
Ich wünsche einen guten Abend -
Sei er erquickend und auch labend".

Beifall kommt von der Besichtigungsgruppe, und ein guter Betrag sammelt sich in dem herumgereichten Hut eines Teilnehmers, der dann Adam überreicht wird.

Bevor sich die Gruppe auflösen kann, ergreift Adam Holdorf noch einmal das Wort – denn auch an diesem Abend, den er turnusgemäß mit dem Liedvers zur Schöpfung begonnen hat (übers Jahr verteilt sind es immer andere biblisch orientierte Texte, die er in seinem Nachtwächterlied verwendet), kann er die meisten der Teilnehmer an der Führung zu einem Besuch in die „Alte Zeiten" verleiten, denn wer will den Vorschlag dazu ablehnen! Seine charmanten und informativen Ausführungen sind den Menschen wert, mit ihm noch einige Zeit zu verbringen.

„Vielen herzlichen Dank, meine Damen und Herren! Wenn Sie mögen, würde ich Sie gern in der kleinen Gaststätte „Alte Zeiten" zu einem kleinen Umtrunk einladen!"

Und so geht die ganze Gruppe, der Nachtwächter voran, zu dem kleinen Lokal in der Kesslerstraße, nur drei Teilnehmer mögen nicht mitkommen und gehen ihre eigenen Wege in die Nacht.

Eva und Adam

Das Lokal in dem kleinen alten Fachwerkhaus ist für Fremde kaum zu finden, und so ist es auch nicht erstaunlich, dass jetzt dort nur wenige Gäste anzutreffen sind.

Die neuen Besucher sind von Stil und Einrichtung des Gastraumes sofort begeistert. Mehrere runde Tische, von bequemen Stühlen umrahmt, stehen ringsum an den Wänden, schöne alte Lampen darüber, die ein warmes Licht ausstrahlen und dem ganzen Raum eine gemütliche Atmosphäre verleihen. Der Tresen an der Stirnseite aus, wie es scheint, altem Eichenholz, ist bewusst schlicht gestaltet; die Spiegelwand dahinter mit den Reihen der Gläser unterschiedlicher Art und diversen Spirituosen reflektiert das warme Licht der Lampen. Grüne Samtvorhänge an den Fenstern verstärken den anheimelnden Gesamteindruck.

Mit einem freundlichen „Bitte nehmen Sie Platz" lädt Adam seine Gäste ein, und voller Stolz spricht er weiter: „Und hier ist Ihre Wirtin, meine liebe Frau Eva". Die begrüßt die Damen und Herren und fragt nach den Getränkewünschen.
„Eva, warte bitte noch einen Augenblick," wendet er sich an seine Frau, und weiter zu den Gästen: „Mich entschuldigen Sie bitte einen Augenblick, ich will mich umziehen, mein Kostüm ist für einen gemütlichen Abend doch zu unbequem" - mit diesen Worten geht Adam Holdorf durch eine kleine Tür aus der Gaststube hinaus und ist schon nach ganz kurzer Zeit zurück.

„Die erste Runde geht auf mich, und wenn Sie mögen", wendet er sich an die Tischrunde, „möchte ich Sie zu einem guten Glas Rot-

Eva und Adam

wein aus unserem Keller einladen!" Zustimmendes Nicken ist die Antwort in der Runde, und Adam verschwindet hinter einem Vorhang, der die Kellertreppe verdeckt. Nach wenigen Minuten kommt er, in jeder Hand eine Flasche Rotwein, wieder in die Gaststube zurück.

„Ein 2009er-Muscadet aus der Kellerei 'Chateaux de Seigneur Pierre', ich hoffe Sie mögen einen guten Roten, wir haben ihn im letzten Jahr in Südfrankreich entdeckt". Adam erntet erneut ein zustimmendes Nicken in der Runde.

„Man muss ja den Wein zunächst etwas atmen lassen", entschuldigt er sich dafür, dass er zunächst die Flaschen öffnet und noch nicht die Gläser füllt, die Eva schon auf die Tische gestellt hat.
„Lassen Sie uns die Zeit doch nutzen, uns etwas näher kennenzulernen, gegenseitig von uns etwas zu erfahren! Wir haben ja nun schon ein paar Stunden miteinander verbracht, und keiner weiß etwas vom Anderen!"

In der Runde beginnt erstaunlicherweise sofort und ohne Zögern das Gespräch hin und her über den großen runden Tisch, an dem alle Platz genommen haben, und die Leute plaudern, von viel gegenseitiger Sympathie getragen, munter miteinander.
Adam schenkt nach einiger Zeit den Wein aus, und nach einem herzlichen „Prost!" oder „Wohlsein!" fliegen die Worte weiterhin fröhlich hin und her ...

Nach wohl ungefähr einer halben oder drei viertel Stunde, es geht

Eva und Adam

so auf neun Uhr zu, kommt dann die Frage in der Runde auf - man hat sich inzwischen auf das persönlichere „Du" verständigt: "Und wie und wann und wo habt ihr euch eigentlich kennengelernt?"

Eva schenkt noch einmal nach und sieht zu Adam hinüber, der plötzlich sehr nachdenklich erscheint, als wolle er fragen „wollen wir es wirklich erzählen?"

Dann gibt er sich einen innerlichen Ruck. „Nun denn. Wenn ihr es wirklich wissen wollt. Aber es dauert sehr lange, bis wir unsere Geschichte erzählt haben, und wir wissen nicht, ob die Zeit heute dazu ausreichen wird".

Die Zuhörer sehen sich an: „Ja, die Zeit haben wir!"
Adam blickt nachdenklich in die Runde. „Nun, fangen wir es an!"

2. Kapitel

Der Anfang der Geschichte

Eva und Adam

Eva setzt sich neben ihren Adam und blickt ihn liebevoll an, ihre rechte Hand berührt ganz leicht seine linke.
„Fängst du an?" „Gut, in Ordnung!"
„Lasst mich mit dem Anfang beginnen, den ich ja eigentlich schon in meinem 'Nachtwächter-Lied' benannt habe, denn, so sagen Thora und Bibel: 'Am Anfang schuf ER den Himmel und die Erde'. Und so war es nach den Überlieferungen der Alten auch: ER schuf den Himmel und die Erde, in modernem Verständnis das Universum mit allen seinen Sternennebeln, Planeten, Fixsternen und so weiter. Wie lange dieser Vorgang gedauert hat, ob Tage oder Jahrmilliarden, ist eigentlich unerheblich. Wirklich wichtig ist, dass ER schuf!
Und aus dieser riesigen Menge von Himmelskörpern wählte ER die Erde als etwas Besonderes aus – im unendlichen Universum sozusagen SEIN Lieblingsobjekt.
Als dann die Welt existierte, das ganz große Werk also abgeschlossen war, ging es mit SEINER Schaffenskraft ununterbrochen weiter: Licht und Dunkel, Sonne, Mond und Sterne, Pflanzen und Tiere. Ihr alle, so glaube ich, kennt die biblische Darstellung der Schöpfungsgeschichte.
Wichtig in diesem Zusammenhang ist vielleicht, dass nach der jüdischen Zeitrechnung die Erschaffung der Welt vor nunmehr – wir sind heute im Jahre 2017 - 5777 Jahren stattfand. Dieses Datum ist in meinem Bericht, obwohl ihr euch darüber arg verwundern werdet, von großer Bedeutung!"
Erstaunte Blicke gehen hin und her. „Was mag dieses Jahr, das ja noch nicht einmal wissenschaftlich begründet ist, mit unserer

Eva und Adam

Frage nach dem Kennenlernen zu tun haben?" So gehen wahrscheinlich die Gedanken der Zuhörer.

„Ich weiß, was ihr jetzt denkt", fährt Adam fort, und Eva nickt zustimmend, „ich weiß es genau. 'Was soll das Jahr bedeuten?' So fragt ihr euch. Ich will es erklären.

Die Jahreszahl an sich sagt ja noch nichts, aber das, was wir mit diesem Jahr verbinden, ihr werdet sehen ...

'Am sechsten Tag schuf ER den Menschen, nach seinem Bilde schuf er ihn'. Auch dieser Text wird euch sicher bekannt sein. Und was ich jetzt gleich sage, werdet ihr erstaunt, verwundert, als überheblich zurückweisen.

ER schuf in eben diesem Jahr, am sechsten Tag, einen Menschen, einen Mann.

ER schuf mich!

ER erschuf mich aus einem Klumpen Lehm, er formte meinen Körper, meine Glieder, meinen Verstand, er blies mir seinen Atem ein. Nach seinem Ebenbild schuf er mich!"

„Das ist ja der Hammer!" Die junge Tabea kann es nicht fassen, und in der Runde der Zuhörer kommt Unruhe auf. Gesprächsfetzen schwirren durch die Gaststube. „Kann ja nicht!" „Unmöglich!" „Bei wem sind wir hier denn gelandet?" „Bin ich in der Kirche?" „Spinnt der Mann?" „Wie kann jemand so etwas behaupten, ist das nicht Blasphemie?"

Adam schenkt noch einmal Wein nach, um die Unruhe zu besänftigen.

„Zum Wohle!" Sein Trinkspruch verhallt fast ungehört, nur einige wenige heben das Glas mit ihm.

Eva und Adam

„Ich kann verstehen, dass ich euch jetzt verwirrt habe, und ich verspreche: Ich werde, nein, wir werden euch noch weiter irritieren!" Und mit einem Lächeln in den Augen fährt Adam fort: „Schließlich wollt ihr unsere Geschichte erfahren!"

Eva ist kurz aufgestanden, hat die Gäste, die nicht zu Adams Begleitern gehörten, verabschiedet und die Tür zum Lokal verschlossen. Dann löscht sie die Lampen, die nicht den großen Tisch und den Tresen erhellen, und nimmt wieder Platz, schenkt sich ebenfalls ein Glas von dem wirklich guten, blutrot schimmernden Wein ein.

„Trotz eurer Verwunderung, eures Erstaunens: ich bitte, dass ihr euch auf unser Erzählen einlasst, es wird sich, so denke ich, lohnen. Wir haben übrigens unsere Geschichte noch nie einer Gruppe von mehr oder weniger fremden Menschen erzählt, nur unsere Familien kennen die ganze Sache."

Adam legt eine kleine Denkpause ein, dann fährt er fort:

„Als ich erwachte aus meiner 'Nicht-Existenz', nachdem ER mich sozusagen 'zurechtgeknetet' hatte, fand ich mich auf der Erde liegend, nackt, allein, wobei mir mein Nackt-Sein nicht bewusst war – mir war eigentlich überhaupt nichts bewusst!

Rückblickend kann ich sagen, dass ich, gleich nach meiner Erschaffung 'fertig' war, das heißt aus jetziger Sicht: mein Körper war komplett der eines jungen Mannes von etwa achtzehn bis zwanzig Jahren; ich bin damals also nicht von einer Mutter geboren worden – im Gegensatz zu meiner jetzigen Existenz, und bei Eva, wie ihr

Eva und Adam

hören werdet, ist es das Gleiche!

Es war hell und warm, sehr angenehm warm, so meine Empfindung, und es war sehr laut. Aus allen Richtungen drangen Geräusche auf mich ein, schrille und dumpfe, hohe und tiefe Töne, laute und leise. Ein Rascheln neben mir, ein Schrei in der Ferne, dumpfes Brüllen in meiner Nähe – eine Vielfalt, die ich nicht im Einzelnen bestimmen konnte; ich war verwirrt in diesem Geräusche-Konzert.

Ich richtete mich auf, die Hände zunächst noch auf den Boden gestützt, wendete meinen Kopf von links nach rechts und von rechts nach links, sah mich um in alle Richtungen. Meine Augen konnten nicht erfassen, welche Vielfalt, heute weiß ich das natürlich, um mich herum zu sehen war: Bäume, haushoch, und Sträucher, weiche Gräser in grün und blau. Farne. Und Blumen in einer schier unfassbaren Vielfalt, Blumen, soweit das Auge reichte. An den Bäumen Früchte unterschiedlichster Art, groß und klein, rot, gelb, blau – ich konnte all dieses nicht begreifen.

Am wenigsten aber konnte ich mich begreifen – 'Wer bin ich?' habe ich mich gefragt.

ER trat zu mir heran. In diesem Augenblick wusste ich es: Dieser war mein Schöpfer, mein Erschaffer, ohne dass ER es mir irgendwie mitteilen musste.

'Du bist!', sagte ER zu mir, 'du bist, von mir geschaffen!'

Jetzt wollt ihr wissen, wie er aussah, der ER, der zu mir an mein Lager trat? Ich weiß es nicht, und wenn ich es wüsste: ich würde es niemandem sagen!

Eva und Adam

Also: ER trat zu mir, und die Laute seiner Worte erreichten zwar meine Ohren, aber ich verstand nichts! Das Bewusstsein, dass diese für mich neuen Geräusche Worte waren, die eine Bedeutung hatten, war mir noch fremd!

Nun, im Verlaufe einer Zeit, deren Dauer ich leider nicht benennen kann, lernte ich die Bedeutung dieser Laute, der Worte kennen, und ER konnte zu mir und mit mir reden!
Und ER redete. ER erklärte mir meine Welt, zeigte mir die Tiere und Pflanzen, die Felder, den Wald und den See mit seinen Fischen, die Vögel am Himmel, die mich zuerst sehr erschreckt hatten.
«Du bist ein Mensch, erschaffen, einzigartig. Gib den Tieren und den Pflanzen Namen, damit du später anderen Menschen davon erzählen kannst!»
Ich verstand ihn nicht so ganz. Andere Menschen? Andere als ich? Denen erzählen?
«Tu, was ich dir sage, und es wird dir immer gut ergehen!»

Eines Tages, ich hatte mich gerade auf mein weiches Lager aus Gras gelegt, kam ER wieder zu mir:
«Du wirst jetzt sehr lange schlafen, und wenn du wieder erwachst, gibt es etwas völlig Neues für dich!»
Als ER ausgesprochen hatte, berührte ER meinen Arm, und ich fiel in einen tiefen Schlaf."

Adam atmet tief durch, er ist vom langen Reden ein wenig erschöpft, nimmt einen Schluck Wein. Die Zuhörer, die seiner

Eva und Adam

Geschichte aufmerksam und fasziniert zugehört haben, sehen ihn an: „Dürfen wir etwas fragen?"

„Aber ja, ich brauche nur eine kleine Unterbrechung, und ich denke, Eva wird gleich weitererzählen."

Bernd, der alte Herr zur Linken, der mit seinem Krückstock beim Rundgang durch die alten Gassen seine Schwierigkeiten hatte, fasst sich als Erster ein Herz. „Sag, Adam, das ist ja so ziemlich genau das, was im 1. Buch Mose aufgezeichnet wurde. Hast du das wirklich selbst erlebt, berichtest du von einem Traum oder ist das alles nur deiner Fantasie entsprungen?"

„Bernd, ich darf dir, darf euch sagen: genau so hat es sich vor ewiger Zeit zugetragen, und ich selbst war Teil der Geschichte, ich selbst war der Adam aus der Bibel!"

„Unglaublich! Kannst du das denn irgendwie beweisen?" Ulrike, eine pensionierte Lehrerin aus Potsdam, sieht Adam fragend an.

„Ich denke, am Ende unserer Berichte werdet ihr alle überzeugt sein!"

„Ich muss einfach nach Gott fragen, dafür ist er mir zu wichtig!" Gertrud, eine gepflegte ältere Dame mit eisgrauen Haaren und sehr wachen Augen sieht ihn etwas verunsichert an, „Kannst du nicht wenigstens irgendetwas zum Aussehen Gottes andeuten, du warst doch sein Gegenüber?"

Adam blickt nachdenklich zu ihr hinüber. „Denk an die Schöpfungsgeschichte, denk an meine Erschaffung, von der ich erzählt habe." Mehr will, mehr kann er dazu nicht sagen.

Adam wendet sich Eva zu, ist noch immer von seinem Erzählen etwas erschöpft. „Gut, das morgen Samstag ist! Eva, magst du mir

Eva und Adam

ein Glas Wasser holen?"

Unter den Zuhörern gehen die Gespräche weiter, schon fast in eine lebhafte Diskussion einmündend, zu erstaunlich, ja fantastisch ist alles, was Adam gerade erzählt hat.

„Liebe Freunde, ich darf euch doch so nennen? Liebe Freunde! Eva", er sieht zu seiner Frau hinüber, die bei der Anrede nickt, weil sie genau weiß, was jetzt kommt, „Eva wird jetzt den nächsten Teil der Erzählung übernehmen, denn jetzt kommt sie ins Spiel."

Eva setzt sich an Adams statt auf den „Erzähl-Stuhl", weil sie von diesem Platz aus alle Zuhörer gut sehen kann.
„Darf ich euch noch etwas von dem Wein nachschenken?" Adam schickt einen fragenden Blick in die Runde und erntet ein vielfaches zustimmendes Nicken „Ja, sehr gern!"
Nach dem Einschenken blickt Eva ihre Gäste nachdenklich an: „Soll ich jetzt beginnen, oder hat noch jemand einen Wunsch?"
„Bitte warte noch einen Augenblick, ich möchte erst noch – na, ihr wisst schon!" Betty, eine junge Frau mit ganz kurz geschorenen dunklen Haaren, Kunststudentin aus Meinerzhagen, bittet um etwas Geduld.
„Natürlich!"
Sie kommt schon nach kurzer Zeit zurück, und Eva beginnt mit ihrer Geschichte, die nahtlos an die Worte Adams anschließt.

3. Kapitel

Der Garten des Herrn

Eva und Adam

Ihr Lieben! Wenn ich jetzt weitererzähle, fange ich bei Adams 'Tiefschlaf', den ER ihm verordnet hatte, wieder an. Wir sprechen übrigens, ihr habt es sicher schon bemerkt, immer nur von IHM, ohne SEINEN Namen zu nennen!

Es war wie eine Explosion, würde ich heute sagen, als ich aus dem Nichts erwachte. Licht, Wärme, Geräusche, wie sie euch ja auch Adam schon beschrieben hat. Und auch ich hatte das Problem, nichts zu wissen, nicht einmal, ob und wie und wer ich war, ein Zustand absoluten Leerseins! Mir erging es ähnlich wie Adam, als er aus dem Nichts erwachte.

Alles strömte auf mich ein, ohne dass ich es zuordnen konnte. Bin ich? Wer bin ich? Warum bin ich? Meine Gedanken schwirrten im Kopf hin und her, verwirrt schloss ich die Augen, hielt mir die Ohren zu in der Hoffnung, dass dann alles wieder vorbei sei und ich wieder im Nichts verschwinden könnte.

Aber ER ließ das nicht zu. ER blies mir SEINEN Atem ein: «Sei!» sprach ER zu mir. «Sei!»
Und ich war, auf dieses Wort hin!
Ich existierte bewusst, ich wollte plötzlich nicht mehr im Nichts sein, ich wollte," und Eva stockt ein wenig in ihrem Erzählen, „ich wollte sein! Ich wollte leben. Ich wollte alles, was ich sah, hörte und fühlte, im wahrsten Wortsinn er-leben!

Als ich mich umsah, nahm ich aus den Augenwinkeln ein Wesen wahr, das mir sehr ähnlich war – heute kann ich dieses Wesen benennen: mein geliebter Adam. Aber in der Situation so kurz nach

Eva und Adam

meinem Da-Sein in der Welt ängstigte ich mich ein wenig: Wie gesagt, das Wesen war mir ähnlich, aber es war mir nicht gleich. Es lag auf der Seite, mir zugewandt; ein roter Streifen erstreckte sich über den oberen Teil seines Leibes. Es schlief, sein Oberkörper hob und senkte sich bei jedem Atemzug. Es war also auch, wie ich, denn auch bei mir hatte ich die Bewegung des Leibes schon bemerkt.
Ich betrachtete das Wesen, neugierig, wie ich alles in meinem Umfeld betrachtete. Als ich aufgestanden war – wie schön, dass ich so viel mehr sehen konnte – habe ich mir das Wesen erst einmal etwas genauer angesehen, wenn auch aus gebührendem Abstand. Es gab gewisse Unterschiede zu mir, stellte ich fest!"

Eva blickt ihre Zuhörer an, die bei den letzten Worten ins Schmunzeln gekommen waren, und nimmt einen Schluck von ihrem Rotwein.
„Ich werde jetzt aber nicht näher auf Adams Anatomie eingehen, keine Sorge, meine Lieben, obwohl... !"
Wieder ein Schmunzeln, besonders bei den Damen in der Runde.
„Dann wart ihr ja von jetzt an zu zweit!" wirft Tabea, die Jüngste in der Runde, ein, „und das im Paradies, wie wir ja alle wissen! Super! Möchte ich auch mal erleben, zu zweit im Paradies!"
Die anderen lachen. „Das kann ich mir lebhaft vorstellen, liebe Tabea, du und dein Freund, ganz netto, im Paradies, allein!" Das Lachen der Gruppe kommt von Herzen. Tabeas Gesicht nimmt etwas Farbe an, was die anderen sehr lustig finden.

„Bitte erzähl jetzt weiter, liebe Eva!" Gertrud bringt mit diesen Wor-

Eva und Adam

ten das Gespräch wieder auf das Thema.
Eva lässt sich nicht lange bitten, sondern setzt ihre Erzählung, die ja eigentlich ein Bericht ist, fort.

„Das fremde Wesen öffnete mit einem lauten Seufzer die Augen und schrak hoch. Ein Stöhnen kam aus seinem Mund, es hielt sich mit der Hand den roten Streifen auf seinem Leib. Es versuchte, sich zu erheben, hatte aber anscheinend große Schmerzen dabei und legte sich auf den Rücken.
Im Hinlegen sah es mich. Ein unartikuliertes Geräusch, eine schnelle Bewegung des Körpers, ein neuer Schmerzenslaut von dem Wesen, das ich, wie überhaupt alles um mich herum, nicht kannte.
Ich erschrak zutiefst, konnte diesen Vorgang überhaupt nicht einordnen. Was war das, dieses Wesen, was sollte das? Ich rührte mich nicht von der Stelle.

ER kam hinzu, nahm meine Hand und führte mich zu dem Wesen. Zu IHM hatte ich Vertrauen, ohne IHN überhaupt zu kennen.
ER nahm meine Hand, dann die Hand des Wesens, legte unsere Hände ineinander. Dann, mit unendlich sanfter Stimme, sprach ER zu uns, und eigenartigerweise habe ich IHN verstanden, «Ihr gehört auf ewig zusammen, weil ich es so will. Ihr seid Mann und Frau, weil ich es will. Ihr seid Menschen, einzigartig, weil ich es will.
Ich habe die Frau aus dem Manne gebildet; die Wunde des Mannes wird schnell verheilt sein. Ihr seid in meiner Schöpfung das Beste, das ich geschaffen habe. Haltet meine Gesetze, tut, was ich

Eva und Adam

euch befehle, dann wird es euch ewig gut ergehen!»

ER ging davon, es und ich waren allein.

Das fremde Wesen und ich – wir standen lange nah beieinander, die Hände ineinander gelegt. Wir lösten die Hände wieder voneinander, nahmen uns sozusagen 'in Augenschein', berührten uns ganz zaghaft, vorsichtig, versuchten, zu verstehen, uns zu begreifen, zu begreifen, was geschehen war.
'Du bist schön,' sagte das Es, der Mann, wie ER es genannt hatte, zu mir, und ich konnte seine Worte verstehen und deuten.
'Auch du bist schön,' sagte ich, die Frau, zu dem Mann. Er verstand mich ebenfalls.
Unser vorsichtiges 'Einander-Annähern' ging weiter.
'Du bist so weich, Frau!' Du scheinst sehr stark zu sein, Mann!' ER hat uns zusammengefügt, nachdem ER uns gemacht hat' sagte der Mann zu mir.
'Ja, und das ist gut. Keiner von uns ist allein!' antwortete ich.
'ER hat zu mir gesagt, ich solle allen Lebewesen Namen geben. Ich nenne dich Eva, das heißt Leben.'
'Und ich nenne dich Adam - Mensch'.
So sind wir zu unseren Namen gekommen!"

Adams Gesicht hat bei ihren Worten ziemlich Farbe angenommen; geniert er sich ein wenig, oder ist es der Rotwein?!

Eva lehnt sich auf dem Stuhl zurück, schließt die Augen.
„Jetzt wisst ihr von unserem ersten Kennenlernen – im Paradies!"

Eva und Adam

Bilderzyklus 'genesis 2000' – Tag 6
Annelie Knacksterdt Öl auf Leinwand 50 x 60 cm 1999

4. Kapitel

Leben im Paradies

Eva und Adam

Möchte noch jemand ein Gas Wein?" Einige nicken bei Evas Frage zustimmend.
Adam geht erneut in den Weinkeller, eine Flasche von dem guten Roten holen, öffnet sie. Aus der bereits zuvor geöffneten Flasche schenkt Eva nach.

„Wie war es denn, euer Leben dort im Paradies? War das nicht schrecklich langweilig? Kann ich mir überhaupt nicht vorstellen, ohne andere Menschen, ohne shoppen, ohne Smartphone und Fernsehen ...!" Tabea fragt, und die anderen nicken zustimmend zu ihrer Frage.

„Nun," Eva ergreift wieder das Wort, „nach heutigen Maßstäben magst du Recht haben, aber im Paradies galten natürlich völlig andere Dinge und Regeln und Bedingungen!
Adam und ich bestimmten unser Leben allein unter den Worten, die ER uns gegeben hatte. Das Umfeld, wie wir heute sagen würden, war ja ganz besonders, und davon möchte ich euch jetzt ein wenig erzählen.

Ich fange damit an, wie das Paradies aussah. Übrigens: Heutige Forschungen haben es im Bereich von Euphrat und Tigris in der alten Kulturlandschaft von Mesopotamien angesiedelt. Wir wissen nicht, ob das richtig ist, und eigentlich ist das doch auch völlig egal, oder? Wir waren jedoch darin, und das war wunderbar.
Adam hatte uns gegen den Regen, der nachts fiel - wenn auch nur selten - eine Hütte aus Zweigen und großen Blättern gebaut, die er mit Lianen festgezurrt hatte. Wir brauchten zwar keinen Sturm zu

Eva und Adam

befürchten, aber wenn einer unserer tierischen Freunde einmal dagegen lief, musste ja nicht gleich alles herunterfallen oder zusammenstürzen!

Unsere Hütte stand am Ufer eines kleinen Sees. Schilfpflanzen und andere Gräser säumten das Ufer, nur in unmittelbarer Nähe gab es einen Streifen mit Sand. Adam und ich legten uns sehr oft dort in die Sonne, streichelten, küssten, liebten uns. Das Wasser in dem See war glasklar, und wir konnten die Fische beobachten, die sich darin tummelten. Auf dem Wasser gab es einige Enten und Schwäne, und wenn ich das Ganze heute als Bild malen sollte, würde man wohl 'so ein Kitsch!' sagen; aber so war es nun einmal!

In unseren Träumen, Adam hat es mir auch von sich bestätigt, kehren wir manchmal dorthin zurück ...

Über den See hinweg gesehen gab es einen lockeren Birkenwald mit einigen niedrigen Büschen, aus dem uns manchmal eine kleine Gruppe von Schafen besuchte, die dort lebten. Ihr fröhliches „Bääää" und ihre freundliche Art haben uns immer wieder zum Lachen gebracht.

Auf der anderen Seite der Hütte wuchsen eine Menge Bäume und Sträucher mit unterschiedlichsten Früchten, Äpfeln, Birnen, Pflaumen, Büsche mit wohlschmeckenden Beeren, und auch so etwas wie Bananenstauden und Kiwisträucher. Die Früchte und Beeren gab es das ganze Jahr über, ohne 'Winterpause', wie wir es heute kennen. Wenn wir Hunger hatten, konnten wir, ohne dafür arbeiten zu müssen, uns einfach von den Früchten nehmen.

Im Hintergrund des ganzen Szenarios, über eine riesige freie Fläche hinweg, müsst ihr euch einen großen Urwald vorstellen, be-

Eva und Adam

wohnt von sehr unterschiedlichen Tieren."
Anneke hob die Hand, wollte etwas fragen.
„Ja, Anneke, du hast eine Frage?" „Ich habe nicht nur eine Frage, sondern gleich tausend, aber eine als Erste: Habt ihr auch Fleisch gehabt, und andere Sachen zum Kochen und Braten?"
„Wisst ihr, Feuer hatten wir, dafür hatte ER gesorgt, und im Garten wuchsen auch Früchte, die unseren Kartoffeln von heute ähnelten. Fleisch – nein, das hatten wir nicht, wir hätten dann ja ein Tier dafür töten müssen, und selbst die Löwen und Hyänen waren sozusagen Vegetarier. Das Kochen war meine Sache – Adam hatte mir aus Ton, den er geformt und gebrannt hatte, so wie ihr es vielleicht im Roman 'Die Schatzinsel' gelesen habt, Gefäße hergestellt, die zum Kochen und Braten ganz gut geeignet waren." Und nach einer kurzen Pause: „Ist deine erste Frage, liebe Anneke, damit geklärt?"
„Ja, danke, Eva."

Adam ergreift wieder das Wort.
„Apropos: Unsere tierischen Freunde, dazu muss ich unbedingt etwas sagen!
Im Paradies gab es keinen Streit, keinen Futterneid, keinen Wettstreit wie heute 'schneller, höher, weiter'; so etwas war Eva und mir und auch den Tieren völlig unbekannt.

Einer unserer besten Freunde war ein großer, mächtiger Löwenmann, mit dem wir bestens zurechtkamen. Er verstand unsere Worte, und wir wussten sein Grummeln und Schnurren und Brüllen zu deuten - sogar lachen konnten wir gemeinsam, und wenn er lachte, bebte seine herrlich weiche Mähne wie bei Windstößen,

Eva und Adam

und seine Reißzähne blitzten in der Sonne; es war einfach wunderbar!

Eine gute Freundin war auch eine Schimpansin, die drüben im Wald auf der anderen Seite einer großen Wiese lebte; manchmal, wenn die ganze Horde Affen im Urwald besonders übermütig war, konnten wir wegen des Geschreis kaum einschlafen, aber wir hatten damit keine Schwierigkeiten.

Die Schimpansin besuchte uns häufig in den Morgenstunden, wenn die Sonne noch nicht so hoch am Himmel stand. Dann durchquerte sie die Wiese und brachte uns fast immer einige der sehr wohlschmeckenden Früchte von den Bäumen mit, die hinter unserer Hütte wuchsen und die zu hoch waren, als dass wir sie selbst ersteigen konnten.

Eines Tages brachte sie ein ganz kleines Äffchen mit. Es hatte sich auf ihrem Rücken festgeklammert, als sie zu uns kam. Ganz stolz zeigte sie es uns, drückte es an ihre Brust, bedeutete uns 'das ist mein Kind'. Das Äffchen suchte die Brust seiner Mutter, trank daraus! Welch ein wundersames Ereignis! Wir waren sehr erstaunt, Kinder waren uns ein fremder Begriff, obwohl wir nun schon viele Sommer hier lebten.

ER hatte uns noch nicht gesagt, dass es so etwas gibt!

Eva und ich nahmen uns vor, alles entdecken zu wollen, was es in dem herrlichen Garten zu entdecken gab.

In einer schönen Nacht, in der wir uns wieder einmal ganz nahe waren, beschlossen wir unseren 'Erkundungsgang'. Wir wollten wissen, was in unserer Welt geschah, wer und was hier lebte, wel-

Eva und Adam

che Pflanzen und Tiere es gab."

Eva ergreift das Wort: „Am nächsten Morgen, ganz früh, als die Sonne gerade im Osten erschien, nahm Adam mich an der Hand, und wir gingen los – ohne besonderes Ziel, und manchmal rannten wir, nur so zum Spaß, übermütig ganz schnell durch das Gras.

Wir waren noch nicht lange unterwegs und waren gerade mitten in der großen Grasfläche, als ER kam.
«Ihr wollt sehen, was es in eurer Welt gibt?», fragte ER uns.
Es erschreckte uns immer wieder, wenn ER unsere Gedanken kannte.
'Ja, HERR,' antworteten wir wie aus einem Mund.
«Warum?»
'Wir möchten gern wissen, ob es noch mehr Tierkinder gibt als nur das kleine Äffchen unserer Freundin!'
«Dann will ich euch etwas ganz Besonderes zeigen, kommt mit!»

ER führte uns durch den Garten. Unter den großen, mit vielerlei Früchten behangenen Bäumen grasten einige Ziegen und Schafe, die anscheinend nicht zu der Herde im Birkenwald gehörten. Wie auf einen unhörbaren Befehl hin bildeten die Schafe plötzlich einen Kreis, in dessen Mitte ein wirklich erstaunlich dickes Tier auf dem Bauch lag.
Es stellte plötzlich die Hinterbeine auf, reckte den Hals steil nach oben, gab Schmerzenslaute von sich, schrie vor Schmerz immer wieder. Dann quoll plötzlich, ganz langsam, aus dem Hinterleib eine große gelbe Blase heraus. Das dicke Schaf stand jetzt auf al-

Eva und Adam

len vier Beinen, man konnte sehen, wie es immer wieder drückte und presste. Aus dem Hinterleib kam, und ich konnte es überhaupt nicht begreifen, ein kleines Schafsköpfchen, die Augen offen - ich hatte das Gefühl, dass es mich ansah!
Und wieder drückte, stöhnte, presste das Muttertier weiter, lief ein wenig umher, bis tatsächlich ein vollständiges kleines Schaf inmitten des Kreises der großen 'Verwandten' lag und tollpatschig erste Schritte versuchte. Das dicke Schaf war jetzt nur noch für das Kleine da: es leckte es wieder und wieder ab, bis es ganz sauber war. Die Schafe im Kreis blökten wie wild, anscheinend freuten sie sich über das Kleine.
Adam und ich waren völlig verwirrt über das, was ER uns heute gezeigt hatte. Aber wo war ER denn jetzt? Ich hätte ihn IHN gern etwas gefragt, aber ER war schon gegangen.

Welche Wunder, die wir uns nicht erklären konnten, gab es denn noch in SEINEM Garten? War es unserer Freundin, der Schimpansin, ebenso ergangen wie dem dicken Schaf? War dies das Geheimnis, warum es im Garten von jeder Art so viele Tiere, junge und alte, gab?
Fragen über Fragen, und ER war nicht da!

Wir gingen langsam und nachdenklich zu unserer Hütte zurück. Das Essen, das wir gegen Sonnenuntergang immer zu uns nahmen, schmeckte mir heute nicht richtig, ich musste immer an das dicke und an das kleine Schaf denken, zum einen, weil das kleine Schaf aus dem dicken heraus-, zum anderen, weil ich nicht wusste, wie es dort hineingekommen war! Alles war sehr geheimnisvoll,

Eva und Adam

und Adam mochte und wollte ich nicht fragen; er hätte sowieso keine Antwort gewusst, das war mir klar, oder, Adam?"

Eva sieht zunächst zu Adam, der das Gesicht verzieht, und dann aufmerksam in die Runde, die ihr gespannt gelauscht hat.
Vorwitzig, wie sie nun einmal ist, fragt Tabea: „Und, weißt du wenigstens jetzt, wie das kleine Schaf dort hineingekommen ist?"
Die älteren Frauen in der Gruppe sehen sie etwas vorwurfsvoll an, die Männer grinsen. „Na ja, man wird doch mal fragen dürfen!"
„Keine Sorge, Tabea, ich bin über alles Menschliche aufgeklärt worden!", antwortet Eva mit einem Lächeln auf den Lippen und gleichzeitigem Augenzwinkern.
„Habt ihr denn Kinder? Davon habt ihr überhaupt noch nicht gesprochen, ich meine habt ihr jetzt Kinder, nicht nur die damals, von denen berichtet wird?"

„Ja, wir haben einen Sohn und eine Tochter, inzwischen natürlich schon erwachsen!" Adam antwortet auf die Frage von Gertrud, die ebenfalls den ganzen Abend lang sehr interessiert zugehört hat, und dann weiterspricht: „Wisst ihr, Kinder sind ja etwas ganz Besonderes. Meine sind ja auch schon lange außer Haus, da fühlt man sich doch ziemlich einsam."
„Ja, aber die Kinder müssen auch ihren eigenen Weg gehen können, so ist nun einmal das Leben!"
Bernd hat natürlich Recht mit dieser Aussage, aber das hilft nicht gegen Gertruds Einsamkeit.
„Ja, aber ..." Gertrud neigt den Kopf, Melancholie in der Stimme.

Eva und Adam

Adam schlägt vor, mit dem Erzählen fortzufahren, allgemeines Kopfnicken ist die Reaktion der Runde, obwohl sich wegen der fortgeschrittenen Zeit schon eine gewisse Müdigkeit beobachten lässt.

„Wir haben in den nächsten Tagen und Wochen die Erkundung des Gartens fortgesetzt, meist gemeinsam; manchmal sind wir aber auch ohne den jeweils Anderen losgegangen.

Auf einem meiner 'Alleingänge' stieg ich auf einen Hügel am Rande des großen Waldes, von dem aus ich einen wunderbaren Überblick über den Garten hatte.

Wie ein silbernes Band schlängelte sich ein Fluss, den wir vorher noch nicht entdeckt hatten, vom Sonnenaufgang her bis hinüber zum Sonnenuntergang. Seine Ufer waren gesäumt von kleinen Sträuchern, von Gräsern und, so schien es mir, auch von Blumen. An einigen Stellen konnte ich Tiere erkennen, die zum Trinken gekommen waren oder die im Fluss ein Bad nahmen.

Die Tiere verleiteten mich dazu, meinen Aussichtspunkt zu verlassen und hinunter zum Flüsschen zu gehen, um ebenfalls ein Bad zu nehmen; in der Entfernung hatte ich mich jedoch ganz gewaltig verschätzt.

Die Kuppe des Hügels hatte ich zuvor erreicht, als die Sonne noch nicht ihren Höchststand hatte, und jetzt, einige Zeit später, war ich auf dem Weg zum Fluss. Der Weg war staubig, kaum bewachsen, und es gab nichts, das mir Schatten spenden konnte.

Nach längerer Wanderung durch diese karge Gegend, die Eva und ich nie betreten hatten, war endlich ein großer Baum zu sehen, ein Apfelbaum, wie mir schien.

Eva und Adam

Ja, es war ein Apfelbaum, stellte ich fest, und um mich ein wenig zu erholen, setzte ich mich kurz in seinen Schatten. Eine großäugige Hyäne kam herbei, betrachtete mich aufmerksam und leistete mir Gesellschaft, rieb ihr Fell an meinen Füßen. In den Zweigen hüpften große schwarze Vögel – Krähen? Raben? - hin und her, manche kreischten, um sich zu verständigen. Ein Wesen wie mich hatten sie ja noch nicht unter dem Baum gesehen, und nun waren sie aufgeregt und neugierig.

Der Weg vom Hügel herunter bis hier hatte mich einigermaßen erschöpft, und mir fielen die Augen zu. Im Traum kam ER zu mir:
«Adam, iss nicht von den Früchten dieses Baumes, und sage auch deiner Eva, dass sie es nicht tun soll. Von allen Früchten dürft ihr essen, aber nicht von diesem Baum!»
Ich wollte IHN im Traum noch fragen, warum gerade nicht von diesem Baum, aber da war ER schon wieder gegangen.
Wie lange ich unter dem Baum ausgeruht hatte, weiß ich nicht mehr, als ich erwachte, fiel jedenfalls schon die Dämmerung in den Garten. Der Baum warf einen sehr, sehr langen Schatten - zurück zu Eva, dafür war es jetzt schon zu spät, ich hätte den Weg nicht gefunden.
Sie erwartete mich sicher sehnsüchtig, aber der Rückweg war bei Tageslicht nicht mehr zu schaffen, da würde sie sich bis zum Morgen gedulden müssen!
Für die Nacht würde ich unter dem Baum bleiben, nahm ich mir vor, um dann am Morgen zu dem Flüsschen und danach wieder zu Eva zu gehen. Ich rollte mich zusammen; die Hyäne, die immer noch bei mir war, wärmte mir den Rücken, denn die Nacht war

Eva und Adam

doch ziemlich kühl.

Von den ersten Sonnenstrahlen erwachte ich; die Hyäne war verschwunden, und die Vögel hatten sich wohl ein anderes Quartier gesucht.

Ich lief schnell, denn es war noch kühl, hinunter zum Fluss, um mich darin zu erfrischen, wie es gestern die Tiere taten, aber das Wasser war nur einfach kalt. Ich fror erbärmlich, nackt, wie ich nun einmal war, und außerdem hatte ich entsetzlichen Hunger. Weit und breit war aber nichts Essbares zu finden.

Der Apfelbaum auf halber Wegstrecke zum Hügel fiel mir ein, und schon war ich auf dem Weg. Seine roten Früchte leuchteten schon von Weitem verlockend.

Gerade wollte ich mir einen Apfel abpflücken, da war ER da. «Befolgst du so mein Gebot, nicht von dem Baum zu essen?» ER war sehr zornig. Erschreckt zog ich meine Hand, die den Apfel schon fast genommen hatte, zurück.

«Ich sollte dich eigentlich dafür bestrafen, aber gut: Heute will ich davon absehen. Tue es aber nie wieder!»

Dann ging ER davon, und ich saß, noch immer hungrig, unter dem Baum mit seinen herrlichen Äpfeln, und durfte nicht davon essen! Es half nichts, ich musste hungrig weiter, den Hügel hinauf, und dann auf der anderen Seite weiter zu unserer Hütte, zu Eva."

Eva fiel ihm ins Wort!

„Ich war richtig zornig! Adam war die ganze Nacht über fort gewesen, ich wusste doch nicht, wo er war. Es hätte ihm doch etwas Schlimmes widerfahren können, ein Sturz, eine Verletzung! Ich habe mir solche Sorgen gemacht! Und dann noch dieser

Eva und Adam

schreckliche Traum, den ich hatte! Ich will ihn euch erzählen, wie ich ihn auch Adam damals erzählt habe, dann wisst ihr, warum ich so sauer war. Also, mein Traum, heute würde ich sagen meine Vision:

'Ich saß allein vor unserer Hütte. Eines der Schafe war bei mir, und wir haben uns ohne Worte verstanden. Und plötzlich verdunkelte sich der Himmel, ohne ein Vorzeichen. Fast schwarze Wolken zogen auf, Blitze zuckten, ein dumpfes Gewittergrollen kam drohend immer näher. Das Schaf an meiner Seite drückte sich an mich, ein ängstliches Blöken drückte seine Furcht aus, eine Empfindung, die wir bisher beide noch nicht kannten.

Das Schaf und ich zogen uns in die Hütte zurück. Der Sturm, der immer stärker wurde, rüttelte an den Stützen, riss das Blätterdach entzwei, zerfetzte die Blätterwände. Wir beide, Mensch und Tier, waren der Naturgewalt hilflos und schutzlos ausgeliefert, zitterten vor Angst und Nässe.

Und dann war der ganze Spuk plötzlich vorbei, und ER kam in die Hütte, das heißt, was in meinem Traum davon noch übrig war.

«So wird es sein,» sprach ER, «wenn ihr meinen Worten nicht folgt! Es wird dann eine große Not über euch kommen, ihr werdet Schmerzen haben, euch fürchten müssen und weinen.»

Dann ging ER wieder davon. Das Schaf und ich saßen noch eine kurze Zeit zusammen, dann trollte es sich zu seiner Herde.'

Ich erwachte, in Schweiß gebadet, und du, Adam, warst nicht bei mir!"

Eva sah zu Adam hinüber.

Eva und Adam

„Versteht ihr, warum ich nach dem Traum meinem lieben Adam so böse war, weil er mich allein gelassen hatte? Ich war in jener Nacht in Todesängsten, wie wir heute sagen würden; allerdings wusste ich ja noch nichts von Tod und Sterben!
Adam und ich haben diesen Albtraum bald vergessen, und ich war ihm ja auch nicht böse; wie gesagt, Streit und Vorwürfe waren im Paradies eigentlich nicht vorgesehen!
Der Tag, ich werde ihn nicht vergessen, verlief zwischen uns noch schöner als die anderen Tage. Der kleine Strand an unserem See lud uns ein, ein paar wunderschöne liebevolle Stunden zu erleben.

Am nächsten Morgen kam dann Adam mit dem Vorschlag, gemeinsam den Tag an dem kleinen Flüsschen zu verbringen, das er entdeckt hatte; ich war sofort einverstanden.
Aus Blattwerk hatte ich mir eine Art Tasche gemacht, dort hinein legten wir die Früchte, die uns unsere kleine Schimpansin an diesem Morgen schon gepflückt hatte – ihr Kind war übrigens in der vergangenen Zeit schon ziemlich gewachsen und lief schon neben ihr her.
Wir gingen zügig, aber nicht allzu schnell, und freuten uns an allem, was es in unserem, in SEINEM Garten zu sehen gab.
Nach einiger Zeit hatten wir den Hügel bestiegen, von dem mir Adam erzählt hatte, und blickten in das weite Land.
'Das ist ja schön!', rief ich Adam zu, als ich die Landschaft sah, 'das ist ja schön!'
'Jetzt weißt du, warum ich unbedingt zu dem Fluss hinuntergehen wollte!'

45

Eva und Adam

'Ja, das wollen wir jetzt auch, wir haben ja keine Eile, und schlafen können wir ja auch hier irgendwo. Aber sieh mal, was ist das dort hinten am Horizont?'
Ich hatte eine Rauchwolke entdeckt, konnte mir aber nicht vorstellen, wieso sie dort sein könnte. Sicher, auch unser Feuer, das ER uns gebracht hatte, machte Rauch. Sollte ER auch den Tieren das Feuer gebracht haben?

'Wollen wir einmal nachschauen, wer da das Feuer hat?' Adam wollte sofort losgehen. 'Das ist viel zu weit weg von uns, das schaffen wir heute nicht. Lass uns lieber erst einmal an den Fluss gehen, ich möchte so gern einmal darin herum planschen. Sieh doch, die Tiere, die gehen auch hinein. Es muss wunderbar sein!'
'Hab ich gestern schon probiert, das Wasser ist eiskalt.'
'Trotzdem, ich will da jetzt hingehen, komm!'
Wir Frauen konnten uns ja schon immer durchsetzen, und so gingen ein nackter Adam und eine nackte Eva hinunter zum Fluss, vorbei an dem herrlichen Apfelbaum.
'Sieh nur, diese herrlichen Äpfel! Lass uns einige mitnehmen für den Tag.'
'Nein,' brüllte mich Adam geradezu an, 'nein! ER hat es mir verboten, wir dürfen das nicht!'
'So ein Unsinn, das hast du bestimmt nur geträumt. Ich pflücke mir jetzt einige ab, und die lege ich in meine Tasche!'
Adam packte mich am Arm und drängte mich geradezu am Baum vorbei den Hügel hinunter, zum Fluss.
'Jetzt hat ihn etwas gestochen, was soll denn das?!', dachte ich bei mir, ging aber mit ihm."

Eva und Adam

Eva sieht sich in der Runde ihrer Gäste um, es sind immer noch sehr gespannte Mienen zu sehen, obwohl die Uhr schon fast Mitternacht zeigt.

Tabea, etwas vorwitzig wie immer an diesem Abend: „Du hast vorhin gesagt, es sei Rauch zu sehen gewesen; das finde ich ja spannend! Nur zwei Menschen auf der Welt und trotzdem Rauch am Horizont – da stimmt doch etwas nicht!"

„Richtig, liebe Tabea, da stimmt etwas nicht!" Adam greift ihre Frage auf.

„Ihr werdet noch heute, hoffe ich jedenfalls, wenn ihr wegen der ja nun schon nächtlichen Stunde nicht bald entschlummert, erfahren, was es mit dem Rauch auf sich hatte, spätestens aber morgen!

Wir tollten wild, so wie heute die Kinder im Schwimmbad, im kalten Wasser des Flüsschens herum, ein dicker brauner Bär, der einige Meter weiter abwärts fast zaghaft ins Wasser ging, brummte etwas vor sich hin und schüttelte den Kopf.

'Sieh mal, der Bär, der denkt bestimmt, wir hätten von vergorenen Äpfeln genascht, und das am frühen Morgen!' Eva wandte sich dem Bären zu: 'Nein, lieber Bär, wir hatten keine Äpfel und auch sonst nichts; wir sind einfach nur glücklich!' Der Bär sah sie verwundert an, dann tauchte er mutig in das Wasser ein.

Wir mussten herzlich über ihn lachen und alberten weiter im flachen Wasser herum, bis es uns, wie ihm, der schon längst das Wasser wieder verlassen hatte, genügte.

'Puh, das war toll. Jetzt wollen wir aber erst einmal etwas essen. Gib mir doch einmal deine Früchtetasche herüber', bat ich Eva.

Eva und Adam

Die Sonne war inzwischen schon ziemlich hoch am Himmel und wärmte unsere nassen Körper.
'Äpfel sind aber nicht dabei, die durfte ich ja von dem großen Baum nicht mitnehmen!' Ein leichter Vorwurf lag in ihrer Stimme. 'Nein, ER hat es mir verboten, und das gilt auch für dich, hat ER ausdrücklich gesagt!'
'Grrrrr!'
'Komm, gib mir etwas Obst, und knurr nicht herum!'
'Grrrr!'
Du warst ein wenig sauer, nicht wahr, liebe Eva?"

Adam sieht seine Frau nachdenklich an. „Ja, das konnte ich damals auch nicht verstehen!"
„Aber ER hatte es uns verboten, und du weißt ja, was dabei herausgekommen ist!"
„Wollen wir jetzt vor unseren lieben Gästen darüber streiten?"
„Natürlich nicht, ich erzähle jetzt weiter!

Jeder schöne Tag geht einmal zu Ende, und wir waren noch immer an dem kleinen Flüsschen. Die Dämmerung war schon angebrochen, es würde nicht mehr lange dauern, bis die Nacht hereinfiel.
'Wir wollen hier die Nacht verbringen, Eva!'
'Ja, das machen wir.'
Wir legten uns nebeneinander, ganz nah, auch um uns gegenseitig zu wärmen. Es dauerte ziemlich lange, bis uns der Schlaf übermannte, zu vielfältig und uns fremd waren die Geräusche und Gerüche an diesem Ort des großen Gartens."
Adam unterbrach seine Erzählung, nahm einen Schluck aus sei-

Eva und Adam

nem Glas.

„Jetzt müsstest du eigentlich weitererzählen, Eva!"
„Bitte nein, das ist mir nicht Recht. Berichte du ruhig von meiner Schandtat."

„Na gut, wie du meinst, aber eigentlich ist es deine Sache!

Bis zum Sonnenaufgang lagen wir eng aneinandergedrückt, bis uns die morgendliche Kälte weckte.
Wir hatten uns noch nicht erhoben, um die steifen Glieder zu recken, da raschelte es im Gras, und Schlange ringelte sich zu uns, das heißt, zu Eva.

'Guten Morgen, liebe Eva!' säuselte Schlange.
'Guten Morgen, liebe Schlange!' antwortete Eva.
'Hast du schon den wunderbaren Apfelbaum an dem Hügel gesehen?' sprach Schlange weiter.
'Ja, er trägt ganz herrliche Früchte, aber ER hat uns verboten, davon zu essen!'
'So ein Unsinn!' säuselte Schlange weiter, 'so ein Unsinn! Er will nur nicht, dass ihr klug werdet wie ER. Nehmt euch ruhig davon, wenn ihr am Baum vorbeikommt, und esst davon. Glaub mir: danach werdet ihr klug sein wie ER!'

Mit diesen Worten, ich selbst habe sie nicht hören können, weil ich gerade zum Fluss unterwegs war, meine Augen frisch machen, verschwand Schlange wieder.

Eva und Adam

Eva berichtete mir von dem Besuch. 'Wir dürfen auf keinen Fall auf Schlange hören, ER hat uns verboten, von den Früchten des Baumes zu essen!'

'Ach, Adam!' Eva sah mich mitleidig an, 'ach, Adam, du immer mit deinen Ängsten! Was soll denn dabei sein, wenn wir ein wenig klüger werden, als wir jetzt sind?'

Inzwischen hatte Eva die verbliebenen Früchte wieder in ihrer Blättertasche verstaut, und wir machten uns auf den Weg zu unserer Hütte.

Natürlich kamen wir am Apfelbaum vorbei, und bevor ich mich versah, hatte sie schon zwei, drei von den schönen roten Früchten in ihre Tasche gelegt.

'Siehst du, du kleiner Angsthase, nichts ist passiert, allerdings weiß ich jetzt, das ER auch manchmal etwas sagt, was nicht so wichtig ist. Schlange hatte also Recht, ich bin schon etwas klüger geworden!'

'Eva, Eva, wenn das mal gut geht, ich fürchte mich vor SEINEM Zorn!'

'Ach was! Komm jetzt, wir wollen zu unserer Hütte gehen'

Ich hatte wirklich große Angst vor SEINEM Zorn, und das nicht zu Unrecht, wie ihr gleich erfahren werdet.

Also gingen wir zu unserem kleinen See mit der Hütte aus Blattwerk, das ja glücklicherweise nur in Evas Traum durch ein Unwetter zerstört war.

Müde und erschöpft haben wir uns, nachdem wir noch ein wenig gegessen und getrunken hatten, vor die Hütte gesetzt.

'Möchtest du jetzt von dem Apfel, den ich gepflückt habe?'

Eva und Adam

Mit ihrer bezaubernden Stimme – die übrigens für mich bis heute noch nichts von ihrem Reiz verloren hat - bot sie mir eine Hälfte des Apfels an.
'Ach nein, lass mal, ich möchte nicht!'
'Du hast doch nur Angst, dass SEIN Zorn auf dich kommen wird, trau dich. Glaube mir, es wird schon nichts geschehen, nur weil du einen Bissen von einem Apfel gegessen hast!'
Eva drängte mich geradezu, und wer kann denn schon Nein sagen, wenn er von einer wunderbaren Frau um etwas gebeten wird? Und Eva war - und meiner Meinung nach ist sie noch immer - eine wunderbare Frau!
In dem Zusammenhang muss ich auch noch erwähnen, dass wir uns in den doch inzwischen vielen Jahren, die wir hier im Paradies, in unserem Garten lebten, äußerlich kein bisschen verändert hatten, wir waren überhaupt nicht gealtert! Eva war immer noch so, wie ich sie bei unserem ersten Zusammentreffen gesehen hatte, also etwa siebzehn-achtzehn Jahre alt, und auch mein Körper war wie damals bei unserer ersten Begegnung.

Eva reichte mir den Apfel. Ich zögerte immer noch, davon zu essen.
'Weißt du, was Schlange dort am Fluss zu mir gesagt hat?' Sie ließ nicht locker. Schlange hat gesagt: 'Wenn ihr von dem Baum esst, werdet ihr klug wie ER und alles wissen, was gut und falsch ist.'
Und ich denke, wissen, was gut und was falsch ist, kann doch nicht gegen SEINEN Willen sein, ER mag uns doch, ER hat uns schließlich geschaffen!'

Eva und Adam

Ich war es müde, immer wieder gegen Evas Argumentation anzugehen, und aß meine Hälfte von dem Apfel; gleichzeitig verzehrte auch Eva ihren Teil.

Ich sah Eva an, Eva sah mich an, und beide hatten wir die gleichen Gedanken.

'Wir müssen uns bekleiden, wir sind ja nackt!' Eva sprach aus, was wir beide dachten. 'Wir sind nackt, wie die Affen, die aber wenigstens ein Fell haben, nackt wie die Fische im Wasser, nackt wie die Schnecken am Wegrand, nackt wie die Elefanten und die wilden Schweine! Wir sind nackt, und das ist ganz fürchterlich! Sieh dich doch einmal an, findest du dich wirklich schön? Und ich, ich mag mich so nicht im Spiegeln des Wassers sehen. Wir müssen etwas tun, Adam!'
Ich wusste, dass sie Recht hatte. Wir waren nackt. Bisher war das alles kein Thema für uns gewesen, aber jetzt, mit dieser neuen Erkenntnis ...
Aus Blättern und den Stielen von Schlingpflanzen fertigten wir uns Schurze an, die unsere Blößen bedecken sollten. Das ging zwar zunächst ganz gut, aber nur, solange wir uns ganz ruhig verhielten. Bei größeren Bewegungen waren wir wieder nackt und schämten uns voreinander".

Adam hat eine kleine Pause nötig; das lange Erzählen macht den Hals trocken, und er bittet Eva um ein Glas Wasser.
Die Zuhörer in der Runde sind noch immer völlig bei der Sache.
„Warum habt ihr euch denn plötzlich voreinander geschämt, das

Eva und Adam

hat euch doch vorher auch nicht gestört?" Anneke aus Hoogeveen in Holland, die mit ihrem Paul an der Abendführung teilgenommen hat, verwundert sich. „Mein Paul und ich laufen auch nach der Sauna nackt durch unseren Garten zu Hause und schämen uns nicht voreinander!"

„Liebe Anneke, du hast natürlich Recht. Aber die Erkenntnis, nackt zu sein, nachdem wir von dem Apfel gegessen hatten, traf uns völlig unvorbereitet. Aus heutiger Sicht würde ich sagen, dass ich den Apfel besser nicht hätte essen und auch nicht Adam geben sollen, aber hinterher ist man immer klüger!" Eva schaut etwas bedrückt auf die Tischplatte.

Adam sieht sie etwas verwundert an:
„Und was wäre dann passiert? Säßen wir dann heute, nach so vielen Jahren, immer noch nackt und allein im Paradiesgarten? Wäre das richtig gewesen? Ich glaube inzwischen, dass das alles zu SEINEM großen Plan gehört hat!"

„Die ganze Welt, wie wir sie heute kennen, gäbe es ja nicht! Alles, was die Menschen im Verlaufe der Jahrtausende entwickelt und geschaffen haben, gäbe es nicht ohne Evas Apfelbiss!" mischt sich Bernd in das Gespräch ein.

„Da kann ich dir nur zustimmen, Bernd. Aber ich kann sagen, das das Leben damals im Paradies eine schöne Erfahrung war, aber natürlich nicht das, was darauf folgte!"

Adam nimmt den Faden wieder auf, obwohl die Nacht schon fortschreitet.

„Wir brauchen noch ungefähr eine halbe Stunde, dann können wir unterbrechen, und wir versuchen alle, uns morgen Abend erneut

Eva und Adam

hier zu treffen. Ist das in Ordnung?"

Gertrud schaut schon wieder ganz melancholisch aus.
„Das werde ich nicht schaffen, fürchte ich, und dann kann ich den Rest der Geschichte nicht hören ... Schade!"
„Ich werde für dich versuchen, alles aufzuschreiben, liebe Gertrud. Und dann schicke ich es dir mit E-Mail, versprochen."
Mit diesem Versprechen von Eva hellt sich Gertruds Gesicht wieder auf.
Die Idee, die ganze Geschichte per E-Mail nachlesen zu können, gefällt auch Tabea und Anneke.
„Könnt ihr nicht einfach die Fortsetzung auf Video mitschneiden und denen, die am Abend nicht kommen können, als DVD zuschicken? Das wäre doch noch viel schöner!"
Anneke schaut erwartungsvoll zu Eva hinüber. Die jedoch blickt zu Adam.
„Das, liebe Anneke, wird leider nichts, so verlockend es aus deiner Sicht auch sein mag. Erstens haben wir gar nicht die erforderliche Ausrüstung dafür, und zweitens wollen wir eine Vervielfältigung unserer doch sehr persönlichen Geschichte vermeiden, auch wenn sie in groben Zügen in der Bibel steht. Tut uns leid, liebe Annika, der Gedanke ist in der Tat reizvoll, aber das möchten wir nicht, es sind für uns zu viele persönliche Erinnerungen damit verbunden!"
Etwas bedrückt sieht Anneke zur Seite. „Schade!"

Eva hat inzwischen, schon während Adams Bericht, vorbereitete kleine Snacks auf den Tisch gestellt.
„Ihr sollt nicht völlig hungrig aus dem Haus gehen, wenn ihr nach-

Eva und Adam

her das 'Alte Zeiten' verlasst; schließlich ist das hier ein Gasthaus - guten Appetit wünsche ich euch!"
Die Gäste lassen sich nicht lange nötigen.

„Ich werde euch jetzt weiter von den Ereignissen berichten, die uns völlig überfordern sollten.
Am nächsten Morgen, unsere kleine Schimpansin war gerade gekommen und hatte uns Birnen und Äpfel von unseren Bäumen heruntergeholt, band sich Adam einen Lendenschurz um und ging hinaus, um noch einige Früchte von den Sträuchern und vom Feld zu sammeln. Er war gerade dort angekommen, als ER nach ihm rief.
Adam versteckte sich hinter einem großen Strauch, er schämte sich, weil er SEIN Gebot, nicht von dem Baum zu essen, missachtet hatte.
«Adam, wo bist du?» SEINE Stimme dröhnte so laut durch den Garten, dass ich sie sogar an unserem kleinen See hörte.
«Adam, warum versteckst du dich vor mir? Komm hinter dem Busch hervor, ich sehe dich ohnehin!»
Adam ging hinaus auf den freien Platz, ängstlich den Schurz vor sich haltend.
'Du hast nach mir gerufen!'
«Oh ja! Und du hast meine Anweisung nicht befolgt, du weißt es genau!»

'Eva, das Weib, das du mir gegeben hast, ist schuld! Sie hat mich überredet, von dem Apfel zu essen! Sie hat gesagt, weil Schlange dies zu ihr gesagt hat, dass wir davon klug würden, so klug wie du!'

Eva und Adam

«Und? Seid ihr jetzt klug? Nein, ihr seid nicht klug geworden durch euren Ungehorsam! Das Einzige, was ihr jetzt wisst, ist, dass ihr einen ganz, ganz großen Fehler gemacht habt! Ich bin sehr zornig auf euch, und Schlange, die die Eva verleitet hat, wird zur Strafe in aller Zukunft am Boden kriechen müssen, und ihr werdet stets Angst vor ihrem Biss haben müssen und vor ihrer Würgekraft. Denn von jetzt an seid ihr bedroht von der Welt um euch herum, ihr werdet meinen Garten verlassen!

Ihr werdet euch vor dem Löwen und dem Bären fürchten müssen, Schafe werden sich vor euch ängstigen. Ihr werdet für Essen und Trinken im Schweiße eures Angesichts selbst sorgen müssen, und auch euer Haus müsst ihr euch selbst bauen. Sorgen, Schmerzen und Nöte werden euch bedrücken!

Nehmt jetzt von den Pflanzen in eurem Acker so viele verschiedene, wie ihr tragen könnt, legt sie in einen Kasten aus Zweigen, und dann geht hinunter zu dem Fluss, in dem ihr euch einmal erfrischt habt. Dort wartet auf meine Anweisungen. Wenn ihr das nicht tut, wird euch mein Zorn noch stärker treffen, als er es jetzt schon tut!»

Adam kam sofort, ohne die gesammelten Beeren und Früchte, aber beladen mit vielen Pflanzen, wie ER gesagt hatte, zu mir zurück.

'ER hat uns aus dem schönen Garten verstoßen, wir sollen sofort hingehen zu dem Fluss, an dem wir vor zwei Tagen waren, als du den Apfel gepflückt hast. Überhaupt bist du schuld an diesem Elend. ER verstößt uns aus dem Garten, Schlange wird bestraft. Und überhaupt, ich möchte weinen, weil wir jetzt ohne unsere Freunde sein müssen! Und ich muss sofort einen Kasten aus Zwei-

Eva und Adam

gen bauen für die Pflanzen, die wir mitnehmen sollen!'
Ich wollte auf Adams Worte reagieren und mich verteidigen, sah aber ein, dass er Recht hatte ...
In diesem Augenblick kam unser bester Freund, der große Löwenmann, hinter unserer Hütte hervor. Seine Augen waren nicht mehr fröhlich wie sonst, wenn er uns besuchte. Ganz bedrückt, traurig sah er uns an, er durfte auch nicht mehr unser Freund sein. Die kleine Schimpansin kam aus dem Baum herunter, sprang mir auf die Arme, umarmte mich, sah mich ebenfalls mit ihren großen Augen an, es schien mir, als hätte ich tatsächlich eine Träne gesehen. Die Zwei wussten also bereits von unserer Schuld und den Folgen, die auf uns und vielleicht auch auf sie zu zukamen.

'Komm, Eva, lass uns gehen, wie ER es befohlen hat!', sagte Adam zu mir.
Ich legte die Früchte, die unsere kleine Freundin für uns gepflückt hatte, in meine Blättertasche, dazu noch die Pflanzen aus dem Garten, dann machten wir uns auf den Weg zum Flüsschen. Durch die große Ebene, über den Hügel vorbei am Apfelbaum, der Ursache unserer Not, hinunter zum Fluss.

Eine ganze Reihe Tiere erwartete uns dort, und im Gegensatz zu gestern noch waren sie uns überhaupt nicht freundlich gesonnen: der große Bär schüttelte zornig den Kopf, ein Elefant stampfte böse auf den Boden, die Hyäne kläffte uns an, und ein uns fremder Löwe brüllte seine Wut lautstark heraus.
Alle Tiere schienen schon von unserem Ungehorsam gegenüber IHM zu wissen und verhielten sich plötzlich feindselig gegen uns;

Eva und Adam

sie schienen bereits zu wissen, was ihnen widerfahren würde!

Adam und ich bekamen es mit der Angst zu tun. 'Komm schnell zum Wasser, sieh, da liegen Baumstämme, dahin lass uns laufen'. In der Tat: Einige Schritte im Wasser lag so etwas wie ein Floß, Baumstämme, mit Lianen zusammengebunden. Dorthin flohen wir vor den wütenden Tieren, warfen alles Mitgebrachte hinüber.
ER stand plötzlich zwischen den Tieren und uns. Mit lauter Stimme gab ER uns neue Anweisungen.
«Bindet es los und schiebt es in die Mitte des Wassers!»
Adam befolgte sofort den Auftrag. Das Floß trieb sofort, kaum war Adam wieder darauf, mit zunehmender Geschwindigkeit in der Mitte des Flusses. Dieses friedliche Gewässer hatte sich plötzlich in einen reißenden Strom verwandelt und riss uns mit, immer schneller. Wir hatten uns hingesetzt und klammerten uns ängstlich aneinander. Blitze zuckten am Himmel, ein gewaltiger Donner erfüllte die Luft, ein Sturm, der aus den schwarz-grauen Wolken kam, brachte das Wasser zum Toben. Die Gischt spritzte bis in unsere Gesichter, große Wellen warfen unser Floß hin und her. Ich kann sagen, wir durchlebten Todesängste, obwohl wir so etwas zuvor nicht gekannt, geschweige erfahren hatten.

ER war plötzlich mit auf dem Floß.
«Ich werde euch nicht verderben, nicht vernichten, und werde auch weiterhin in eurer Nähe sein. Aber in ganz kurzer Zeit werdet ihr den Garten, meinen wunderbaren Garten, endgültig verlassen und niemals wieder dorthin zurückkehren können. Ich werde den Garten zerstören, die Tiere über die ganze Erde zerstreuen. Und ihr,

Eva und Adam

denen bisher alles ohne eigenes Zutun in den Schoß fiel, ihr werdet im Schweiße eures Angesichtes alles, was ihr braucht, erarbeiten müssen. Eva aber wird unter Schmerzen Kinder gebären; so, wie ihr es damals gesehen habt, wie ich es euch bei den Schafen gezeigt habe!
In kurzer Zeit wird das Floß stranden, und ihr müsst ans Ufer gehen und euch dort euer neues Leben aufbauen!»
Dann ging ER davon, ließ uns ratlos, hilflos zurück.

Wir trieben auf eine dichte, grüne Wand zu, eine Riesenangst, dass wir daran zerschellen würden, erfasste uns – aber unser Floß schoss geradezu durch die Wand, eine Stromschnelle wirbelte uns noch einmal herum; dann war das Wasser völlig ruhig, das Floß wurde sanft ans Ufer gespült.
Völlig erschöpft, ängstlich, müde gingen wir in eine uns völlig unbekannte Welt und wussten nicht, was die Zukunft bringen, wie wir weiterleben würden!"

Eva ist durch die Erinnerungen völlig erschöpft, es ist so, als wenn sie diese Ereignisse noch einmal durchlebt hätte. Schweiß steht ihr auf der Stirn, der Abend mit all diesen Erinnerungen ist vielleicht doch eine große Belastung für sie.
Aber auch Adam, der den letzten Teil der gemeinsamen Erzählung aufmerksam verfolgt hatte, wirkt jetzt erschöpft.

Ulrike ergreift das Wort:
„Liebe Freunde! Ich als eine der Älteren in unserer Runde darf mich auch in eurem Namen zunächst einmal ganz herzlich bei Eva

Eva und Adam

und Adam bedanken!
Lasst uns jetzt unsere Zechen bezahlen und uns auf die Fortsetzung morgen freuen. Liebe Eva, lieber Adam! Es war ein großartiger Abend, an dem so mancher von uns viele neue Erkenntnisse gewonnen hat. Danke noch einmal dafür!"

„Vielen Dank, ihr Lieben, liebe Ulrike, für die herzlichen Worte. Aber das mit der Zeche dürft ihr freundlicherweise vergessen, wir haben für eure Aufmerksamkeit und Teilnahme zu danken. Geht jetzt mit euren Gedanken in die Nacht und freut euch auf morgen. Morgen wird übrigens keine Führung stattfinden, sodass wir uns direkt hier treffen können, wenn ihr möchtet. Wie wäre es mit 19 Uhr 30?"
Zustimmendes Nicken in der Runde, und gegenseitiges Gute-Nacht-Wünschen. „Bis Morgen!"

5. Kapitel

Neubeginn – ganz ohne Paradies

Eva und Adam

Der Tag beginnt für Eva und Adam wie jeder Samstag – das Lokal ordentlich durchlüften, den Fußboden reinigen, alle benutzten Gläser in die Spülmaschine räumen – was eben im Gastraum zu ordnen ist. Dazu kommen natürlich auch noch alle Arbeiten, die in der kleinen Küche zu erledigen sind. Adam verschwindet im Keller, den Bedarf an Getränken zu ermitteln. „Soll ich noch von dem 2009er Muscadet beim Weinhändler besorgen?"

„Wenn du wieder so großzügig davon ausschenken willst, ja, ansonsten tut es ja auch der gute alte Bordeaux, davon haben wir noch reichlich!", antwortet Eva aus ihrer Küche. „Aber wenn du schon unbedingt in die Stadt willst, kannst du auch auf dem Neustädter Markt noch einige Dinge besorgen, ich schreibe dir einen Einkaufszettel."

Adam kommt in die Küche zurück. „Sag mir bitte, Eva: War es richtig, gestern Abend diesen ganz fremden Menschen unsere Geschichte zu erzählen? Ich habe die halbe Nacht darüber nachgedacht. Die müssen doch von uns denken, dass wir im Kopf nicht ganz richtig sind!"

„Ich denke nicht, dass sie so etwas denken, und wenn wir heute weiter erzählen können, werden die letzten Zweifel ausgeräumt werden, verlass dich darauf!"

Adam macht sich auf zum Markt, Evas Einkaufszettel abzuarbeiten. Steaks vom Schlachter Neumann, Gewürze, verschiedene Gemüse – die Einkaufstasche ist ganz schön voll. Nur gut, dass es bis zur Kesslerstraße nur wenige hundert Meter sind, trotzdem steht ihm bei der Ankunft im „Alte Zeiten" der Schweiß vor der

Eva und Adam

Stirn.

„Bin wieder da, Eva!" „Gut, bring bitte alles gleich in die Küche, das Fleisch und die Gemüse in die Kühlung. Ich komme auch gleich."

„Ich denke, heute Abend genügt für unsere Gäste auch der Bordeaux, ich kaufe heute keinen Muscadet! Gestern war schließlich ein besonderer Abend ..."
„Nun, und heute wird es ein gewöhnlicher Abend?" In Evas Stimme schwingt Zweifel mit.
„Wollen wir heute die Gaststube geschlossen halten?" Irgendwie ist Adam bedrückt. „Aber nein," Evas Stimme ist fröhlich wie fast immer, „heute ist Samstag, da kommt so mancher Gast!"
Inzwischen geht es auf Mittag zu, das „Alte Zeiten" ist wieder für Gäste geöffnet.
Schon ganz kurz danach betritt ein Herr 'in den besten Jahren' das Lokal, wählt sich seinen Platz und bittet um die Karte.
„Darf ich ihnen schon etwas zum Trinken bringen?" Eva ist ganz Wirtin.
„Ja, gern. Wenn es möglich ist, möchte ich gern einen Rotwein, vielleicht einen 2009er Muscadet."
Eva macht einen halben Schritt rückwärts. „Wieso diesen Wein, der steht doch gar nicht auf der Karte!"
„Sie mögen mir verzeihen", entgegnete der Gast, „aber ich habe mich gestern Abend, nein, besser noch gestern Nacht mit Anneke und Paul Veenhuis aus Hoogeveen unterhalten, wir wohnen im gleichen Hotel, und sie haben mir von ihrem Abend gestern bei Ihnen hier erzählt. Was sie mir da berichtet haben, finde ich hochinteressant! Sie müssen wissen – nein, zunächst will ich mich vor-

Eva und Adam

stellen."
Inzwischen ist Adam ebenfalls an den Tisch gekommen. „Gibt es ein Problem?" „Nein, nein," entgegnet Eva, „kein Problem. Der Herr möchte nur ein Glas von unserem Muscadet, und darüber unterhalten wir uns gerade ..."

„Gestatten Sie: Mein Name ist Piet van Zwolle, und ich komme aus Groningen. Bis gestern habe ich an einer Tagung als Vertreter unserer Kirche, der Protestantse Kerk in Nederland, in Emden teilgenommen, und jetzt will ich mir Ihre schöne Stadt ansehen. Sie müssen wissen: ich bin reformierter Kirchenpräsident in der Region Groningen und interessiere mich natürlich sehr für ihre Geschichte, stellt sie doch Einiges in unserer Bibel in einem neuen Licht dar, denn Sie berichten ja anscheinend aus eigenem Erleben. Das allein ist ja schon als Wunder zu bezeichnen. Ich bin fasziniert!
Der langen Rede kurzer Sinn: Darf ich heute Abend mit den anderen zusammen Ihr Gast sein?"
Eva und Adam sehen sich an. Eva antwortet, und Adam stimmt ihr zu: „Das geht aber nur, wenn wir dadurch nicht zu Objekten wissenschaftlicher Forschung und auch nicht zu Wunderkindern in der Yellow Press werden. Wir haben unsere Geschichte bisher nur unserer Familie und den Freunden gestern erzählt, und weitere Kreise soll das Ganze nicht ziehen, sonst wird niemand von uns auch nur ein Wort zu diesem Thema hören!"

Eva hat sehr energisch gesprochen, Piet van Zwolle blickt sie erstaunt an.
„Entschuldigen Sie bitte, es ist ein rein persönliches Interesse von

Eva und Adam

mir an Ihrer Geschichte, ich will sie nicht irgendwie auswerten!"
„Dann", so Adam, „fühlen Sie sich für heute Abend eingeladen, 19 Uhr 30 haben wir miteinander verabredet."
„Ich danke Ihnen sehr. Und jetzt bin ich trotz unseres langen Vorgespräches hungrig und durstig!"
Eva legt dem Gast erneut die Karte vor, und er bestellt sich ein Käseomelett mit Pilzen, eine Spezialität in der „Alte Zeiten", dazu einen leichten Weißwein aus der Pfalz.

Zurück in der Küche, diskutieren Eva und Adam noch einmal ihre Einladung an Herrn van Zwolle, sind sich aber einig darin, dass er in die Runde passe und vertrauenswürdig sei.

Der Abend kommt, das Lokal war von Mittag an sehr gut besucht, Eva ist mit ihrem Tagwerk sehr zufrieden.
„Wenn jetzt die kommenden Stunden auch so gut werden ..."
„Da habe ich keine Sorgen, mein Schatz, das wird gut! Lass dich umarmen – du bist für mich immer noch so begehrenswert wie in der alten Zeit!"

Es ist ein Viertel nach Sieben, da kommen schon die ersten Gäste zu der abendlichen Runde. Mit einem fröhlichen, herzlichen „Hallo" werden sie von Eva und Adam begrüßt. Piet van Zwolle kommt zusammen mit Anneke und Paul, die etwas bedrückt wirken.
„Anneke, Paul, was ist los?" Eva fragt die beiden direkt. „Na ja, wir hätten vielleicht eure Geschichte nicht weitererzählen sollen, aber wir waren so begeistert, da mussten wir einfach mit jemandem darüber sprechen!"

Eva und Adam

„Alles gut, Anneke, alles gut. Wenn du allerdings damit zur Hildesheimer Allgemeinen Zeitung gehen würdest ..."
„Nein, nein, auf keinen Fall! Und der Piet van Zwolle ist, glaube ich, ein ehrenhafter Mann, auf den könnt ihr euch verlassen."

„Nehmt doch schon einmal Platz, liebe Freunde", lädt Adam die bisher an gekommenen Fünf ein. „Die Anderen werden wohl auch gleich kommen."
Er hat kaum ausgeredet, als im Türrahmen die noch Fehlenden erscheinen. „Hallo, Eva, hallo, Adam! Schön, dass ihr uns heute eure Geschichte weiter erzählen wollt. Wir alle freuen uns schon riesig darauf. Gestern auf dem Weg zum Hotel haben wir noch sehr lange miteinander gesprochen und, wir müssen es gestehen, auch kontrovers über euch diskutiert!" Bernd spricht aus, was alle in der jetzt vollzähligen Runde denken. „Dessen ungeachtet – wir möchten uns schon jetzt ganz herzlich bedanken für die Offenheit, mit der ihr uns aus eurem Leben erzählt habt und weiter erzählen wollt!"

„Liebe Freunde", ergreift Adam das Wort, „liebe Freunde, danke für eure Ehrlichkeit. Es war ja auch ein starker Tobak, den wir euch da präsentiert haben, und heute soll es damit weitergehen. Darum: seid alle willkommen. Nehmt Platz, Eva wird euch mit Getränken nach Wunsch versorgen - der gute Rote von gestern reicht leider nicht mehr für alle ..."
Eva steht mit Notizblock und Kugelschreiber bereit, notiert die Wünsche ihrer gemeinsamen Gäste; auch Gertrud hat es geschafft, noch zu kommen.

Eva und Adam

„Ja, heute geht es weiter mit unserer Geschichte. Ihr erinnert euch an das für uns damals so schreckliche Ende unserer schönen Zeit im Paradiesgarten?"

Kurze Denkpause.

„Ihr saßt nackt und erschöpft in einer völlig fremden Umgebung," nahm Tabea den Faden von gestern Nacht wieder auf. Und wie ging es dann weiter, was habt ihr gemacht?"

Eva setzt die Erzählung fort: "Wir haben geheult wie die – wie die Schlosshunde, würde man heute sagen. Nackt, erschöpft, frierend, denn es herrschte ein starker, kalter Wind, waren wir vom Floß gestiegen, eigentlich mehr gefallen als gestiegen. Das Ufer des Flusses war, wie die ganze Umgebung, völlig unwirtlich. Kein schöner Sandstrand, keine Büsche mit süßen Früchten, kein freundlicher Löwenmann, der mal kurz zu Besuch hereinschaut, keine Schimpansin mit ihrem Kind, die für uns in die höchsten Bäume klettert – nur wir Zwei in unserer Verzweiflung! Wir haben uns ganz fest aneinander geklammert, vielleicht sogar gehofft, dass dieser Alptraum plötzlich vorbei ist.

Aber nichts davon, im Gegenteil!

Nach dem ersten Schock haben wir dann all die Dinge, die noch auf dem Floß lagen, abgeladen und ein Stück weg vom Ufer abgelegt, und bald fiel die Dämmerung langsam über das Land, in dem wir völlig fremd waren.

'Wir müssen uns eine Hütte für die Nacht schaffen, Adam.'

'Ja, und wie?'

Er war völlig deprimiert, hatte keinen Mut mehr.

'Ich suche uns geeignetes Blattwerk, und du passende Stangen und Lianen oder so etwas, und dann bauen wir eine kleine Hütte

Eva und Adam

für uns, wie wir sie im Garten auch hatten!'
Ich musste wirklich die Initiative ergreifen, sonst hätten wir die Nacht in Finsternis und Kälte nackt im Freien verbringen müssen. Nur gut, dass Adam auch in dieser Lage auf mich hörte, er ging sofort in den kleinen Wald, der nicht weit entfernt war, und suchte nach Schilf und Blattwerk für die Abdeckung unserer neuen Hütte. Nun, das kann ich euch sagen, wir waren mit unserem 'Neubau' sehr schnell
erfolgreich, hatten beide Erfolg mit unserer Materialbeschaffung. Wir wollten gerade mit dem Bau unserer Hütte beginnen, als ER plötzlich da war.
«Ich werde euch trotz allem nicht umkommen lassen und weiterhin meine schützende Hand über euch halten, aber meinen Garten habe ich zerstört, die Tiere in alle Lande zerstreut. Einige werden euch weiterhin gut gesonnen sein, andere werden euch feindlich gegenüberstehen, ihr werdet es erleben.
Adam, leg Steine vom Ufer im Kreis zu einer Feuerstelle zusammen, ich will euch auch hier das Feuer bringen. Und ihr sollt nicht frieren, am Waldrand, neben dem großen Eichenbaum, habe ich Tierfelle abgelegt, damit könnt ihr euch bekleiden. Aber habt acht: Vergesst mich nicht. Ich bin immer in eurer Nähe!»
Und damit verschwand ER wieder.

Adam und ich liefen ganz schnell zum Waldrand zu der Stelle, die ER uns genannt hatte. Felle lagen dort, anscheinend von Schafen. Ganz helle, braune, schwarze, genügend, dass wir uns damit einhüllen und sogar in der Nacht bedecken konnten. 'Danke, HERR!', ich musste es einfach so sagen. 'Danke!'

Eva und Adam

Es wurde dunkel, der Wind ließ etwas nach. Der Mond war manchmal hinter den Wolken zu sehen. Natürlich hatten wir es nicht geschafft, uns eine Hütte zu bauen!

'Wir wollen uns zum Schlafen legen', sagte Adam zu mir, 'ich bin völlig erschöpft.' Eingerollt, mit den gefundenen Fellen notdürftig bedeckt, und ganz eng aneinander geschmiegt legten wir uns einfach irgendwo auf den harten, steinigen Boden. Irgendwann schliefen wir dann ein ..."

6. Kapitel

Begegnungen

Eva und Adam

Am nächsten Morgen wurden wir durch Regen, Blitz und Donner geweckt, und unsere warmen Felle waren sehr schnell durchweicht. Wieder mussten wir nackt und frierend in dieser schrecklichen fremden Umgebung sein. Adam, erinnerst du dich noch an deine ersten Worte an diesem Morgen?"
„Oh ja", entgegnet der, „sehr genau: Ich bin hungrig, habe ich gesagt, und du hast mich erstaunt angesehen – hungrig? Du denkst an Essen, während wir hier im Elend hausen? Du hast HUNGER???"
Eva sieht Adam, so könnte man als Beobachter meinen, immer noch ein wenig vorwurfsvoll, an.
„Ja, Entschuldigung, ich hatte nun einmal schrecklichen Hunger, da kann ich doch nichts dafür!" „Ist ja gut, sei nicht sauer, es ist ja auch schon sehr lange her ..."
Kleine Pause.
„Willst du jetzt weiter berichten? Ich benötige eine Pause." Eva sieht ihren Adam mit einem langen Blick aus ihren dunklen Augen an.

„OK, ich mache weiter. Aber zunächst möchte ich euch fragen, ob von euch jemand Durst oder Hunger hat", und er schaut in die Runde am Tisch.
Mehrere Leute äußern ihre Wünsche, zunächst aber nur für Getränke. „Von eurem tollen Rotwein gestern Abend war ich richtig ein wenig beschwipst, heute möchte ich erst einmal ein Wasser." Tabea bestellt als Erste, die anderen schließen sich mit Bestellungen an. Adam holt das Gewünschte vom Tresen, stellt die

Eva und Adam

Flaschen und Gläser auf den Tisch.
"Soll ich jetzt mit unserer Geschichte fortfahren?" Zustimmendes Nicken rund um den Tisch.
"Also gut." Adam nimmt noch einen kleinen Schluck Wein und beginnt zu erzählen:

"Eva hat natürlich Recht, aber Hunger ist nun einmal Hunger. Der Regen hörte bald auf, und unsere nassen Felle konnten wir zum Trocknen in die hervorgekommene Sonne legen. Eva schlug vor – und ich konnte kaum 'Nein' dazu sagen, dass wir uns zunächst mit dem Bau unserer Hütte befassen sollten. Gesagt – getan, wir machten uns gemeinsam ans Werk. Außer Blattwerk hatte sie auch noch verschiedene dünne Zweige, ich glaube, es waren Weidenruten, gefunden. Wir haben zunächst drei von den jungen Birken, die ich geholt hatte, damit an einem Ende zusammengebunden und aufgestellt, danach noch vier Birken daran festgebunden. Für das Festbinden musste sie auf meine Schultern steigen, und nur so ging es auch für das Einflechten des Blattwerkes. Immer noch hungrig, aber auch sehr stolz waren wir mit unserem Werk um die Mittagszeit fertig; die kommende Nacht sollte für uns nicht wieder so nass und kalt werden!
Eva ging dann, etwas Essbares zu suchen, Früchte, Wurzeln, Knollen, Pilze, irgendetwas – es war uns eigentlich ziemlich gleich, Hauptsache essbar! Tatsächlich kam sie schon nach ziemlich kurzer Zeit zurück mit einem ganzen Arm voller Früchte usw., die wir im Fluss wuschen und gleich roh aßen. Zum Trinken gab allerdings nur das Wasser, das wir direkt aus einem kleinen Bach tranken, der in unserer Nähe in den Fluss mündete.

Eva und Adam

Wir waren noch nicht ganz mit unserer Mahlzeit fertig, als in unserer Nähe ein furchterregendes Heulen zu hören war. Wir kannten das Geheul - es war Wolf, der auch vorher mit uns im Garten gewesen war. Allerdings schien uns dort das Geheul nicht so bedrohlich ...

Ich stand auf und ging in Richtung des Geheuls, da stand er und sah mich böse an. 'Hallo, Wolf, bist du auch aus dem Garten vertrieben?' Die Antwort des Tieres war ein bedrohliches Knurren. Wolf fletschte die Zähne, seine hochgezogenen Lefzen schienen mir, als wolle er mich beißen, sein Unterkiefer war blutig verschmiert. Ich bekam es mit der Angst zu tun und ging langsam, rückwärts Schritt für Schritt, wieder zu unserem Lagerplatz, Wolf zog sich glücklicherweise auch zurück.

'Wolf hat mich bedroht, ich hatte Angst vor ihm, und seine Schnauze war blutverschmiert!'

Eva hat mich ganz erstaunt angesehen. 'Wolf – gefährlich? Das kann ich kaum glauben!'

'Wir sollten uns trotzdem vorsehen, Eva, mir scheint, die Vertreibung aus dem Garten hat ihn verändert!'

Wir versuchten, uns in unserer neuen Welt einzurichten. Steine aus dem Fluss, wie ich sie schon für die Feuerstelle gefunden hatte, schichteten wir rings um unser 'Blätter'-Haus auf, an den Birken hängten wir die Felle auf, die wir nicht trugen, damit sie weiter trocknen konnten. Aus dem Wald habe ich Holz für unser Feuer gesammelt und in der Hütte aufgestapelt, denn mit nassem Holz kann man nun einmal nichts anfangen ...

Meiner Warnung zum Trotz", Adams Blick geht über den Tisch zu

Eva und Adam

Eva, die gerade am Tresen hantiert, „also meiner Warnung zum Trotz war sie losgegangen, um sich ein wenig umzusehen. Ein spitzer Schrei von ihr schreckte mich auf und ließ mich sofort zu ihr laufen – auf dem Boden vor Eva lag ein totes Schaf, mit seinen gebrochenen Augen schien es uns anzusehen. Das Fell war zerrissen und blutig, aus dem rechten Hinterlauf war ein Stück herausgerissen ...
'Wolf!' war die einzige Erklärung, die mir einfiel – 'Wolf!'

Wir liefen, nein, rannten so schnell wie möglich zur Hütte zurück. Von einer jungen Birke, die ich nicht mehr zum Hüttenbau benötigt hatte, brach ich mir ein passendes Stück ab, mit dem ich uns im Falle des Falles hätte etwas verteidigen können.
Am späten Nachmittag suchte ich am und im Fluss nach Tonerde, aus der ich, wie es mir auch schon im Garten gelungen war, einen Topf formen und danach in der Glut eines starken Feuers brennen wollte.

Irgendwann machte mich Eva auf eine Rauchsäule, nicht sehr weit entfernt, aufmerksam, und wo Rauch ist, muss auch Feuer sein, und wo Feuer ist, muss es jemanden geben, der es entfacht hat. Wir fragten uns, ob ER für andere Wesen auch noch das Feuer gebracht hatte, nur – was für Wesen? Bisher kannten wir aus dem Garten nur Tiere, aber hatte ER nicht einmal von anderen Menschen gesprochen, denen wir die Namen der Tiere nennen sollten?
'Wir müssen wissen, was dort passiert!', sagte ich zu Eva, die mir sofort zustimmte: 'Sollten dort andere Menschen sein?' 'Morgen wollen wir es erkunden, aber jetzt lass uns etwas essen und trin-

ken, ich bin schon wieder sehr hungrig.'
Eva hatte von den gesammelten Früchten ein Mus gemacht, das wir, natürlich mit den Fingern, aßen. Es schmeckte nicht sonderlich gut – heute kocht sie deutlich besser, liebe Freunde, ihr könnt euch davon überzeugen!"

Adam unterbricht sein Erzählen, trinkt einen Schluck Wasser, das Eva inzwischen vor ihm auf den Tisch gestellt hat.
„Wenn jemand Hunger hat, ich könnte euch etwas zubereiten – die Karte liegt auf dem Tisch, aber bitte wählt nichts Aufwendiges aus, sonst sprengt das unsere Erzähl-Stunde."
Bauernomelette, Süße Pfannkuchen, Schinkensandwich – darauf beschränkten sich die Bestellungen. „Möchte jemand etwas Heißes zum Trinken dazu, Kaffee oder Tee?" Vier Kaffee, fünf Tee – das ist in der Kürze der Zeit zu schaffen, denn Adam hilft in der kleinen Küche fleißig mit.
Die Tischrunde diskutiert in der Wartezeit das Gehörte, erstaunt, verwundert, und immer wieder kommt die Frage auf „Dichtung oder unbegreifliche Wahrheit?"
Piet van Zwolle, der 'Neue' in der Runde, ergreift das Wort: „Ich habe ja den Teil der Erzählung aus dem Paradies gestern nicht hören können, aber ich habe starke Zweifel daran, dass die Beiden aus eigenem Erleben berichten können. Andererseits: warum sollten sie uns einen solchen Bären aufbinden? Davon haben sie ja nichts!"
Ulrike meint, dass, wenn alles wahr ist, ja eine Wiedergeburt der beiden hat stattfinden müssen, sonst wären sie ja nicht jetzt in der Zeit!

Eva und Adam

Bernd schaut nachdenklich in die Runde: „Wenn es wahr ist, erleben wir hier in dieser kleinen Kneipe eine Weltsensation, die die Geschichte und die biblischen Erzählungen umschreiben wird!"
„Vorausgesetzt, es wird publik, irgendjemand aus dieser Runde berichtet der Wissenschaft und der Presse davon!" Piet van Zwolle blickt fragend in die Runde und fährt fort, „Ich bin zwar Theologe und an der Wahrheit der Bibel sehr interessiert, aber einen derartigen Vertrauensbruch sollte niemand von uns begehen!"
„Wenn jemand mit der Sache an die Öffentlichkeit gehen darf, dann nur Eva und Adam!" Bernd wird sehr ernst.

„Voilà, euer Essen!" Eva ruft es aus der Küche; Tabea springt auf, um ihr beim Hereintragen zu helfen, und Adam bringt die gewünschten Getränke. „Guten Appetit allerseits!"
Während des Essens ergreift Adam erneut das Wort.
„Ich habe aus einigen Gesprächsfetzen hier am Tisch entnommen, dass ihr doch so einige Bedenken in Bezug auf die Wahrheit unserer Geschichte habt, was wir durchaus verstehen können! Einen kleinen Beweis dafür will ich euch jetzt liefern!"
Er erhebt sich, öffnet sein Hemd.
Quer über seine rechte Brustseite zieht sich eine lange, leicht rote Narbe, schlecht verheilt. Er schließt das Hemd, setzt sich wieder an den Tisch.
„Das nur so nebenbei, liebe Freunde, zu denen wir auch die Zweifler zählen."
Erstaunte Blicke der Zuhörer untereinander sind die Folge.

„Hat das Essen geschmeckt?" Eva und Tabea räumen das Geschirr in die Küche; zustimmendes Nicken in der Runde.

„Es ist uns völlig klar, dass ihr uns kaum glauben könnt, und wir bitten euch herzlich, alles hier Gehörte sehr, sehr, sehr vertraulich zu behandeln. Herr van Zwolle weiß, was es zu bedeuten hätte, würde unsere Geschichte allgemein bekannt!"

„Bitte redet mich, alle hier, auch mit meinem Vornamen an, ich heiße Piet, ich komme mir sonst so fremd vor in der Runde!" „Einverstanden", kommt es aus allen Richtungen, und die Leute nennen ihm ihre Namen.

„Ich danke euch!" Piet freut sich sehr über diesen Vertrautheitsbeweis. „Wenn ihr möchtet, kann ich am Schluss des Abends vielleicht noch etwas zu diesem Thema aus meiner, der Sicht eines Theologen, sagen."

„Gern", Adam stimmt ihm zu, „gern!"

Eva ist an den Tisch zurückgekehrt. „Hat noch jemand einen Wunsch?"

„Ja," meint Tabea, vorwitzig wie immer in dieser Runde, „erzählt weiter, wie es mit euch weiterging; ich bin sooo gespannt!"

„Ich denke, jetzt bin ich wieder an der Reihe mit unserem Bericht, oder?", schaut sie zu Adam hinüber, der ihr zunickt.

„Also, wo waren wir stehen geblieben – ach ja, die anderen Menschen!

Der Tag war ziemlich warm, sodass unsere nassen Felle schnell wieder trockneten und wir sie uns wieder umlegen konnten; so nackt wie im Garten wollten wir nicht mehr sein.

Den ganzen Tag über sammelten wir essbare Vorräte und legten sie auf Holzstapel in der Hütte. Man weiß ja nie, was kommt!

Eva und Adam

Zunächst aber, nach einem kleinen Essen, kam der Abend, und wir zogen uns in unsere Hütte zurück. Der Kälte wegen schmiegten wir uns eng aneinander – und zum ersten Mal seit unserer Vertreibung liebten wir uns ..."

Mit einem Augenzwinkern hinüber zu Adam fährt Eva fort:
„Der nächste Morgen kam mit einem wunderschönen Sonnenaufgang herauf, dessen Strahlen durch die Lücken zwischen den Blättern unserer Hütte schienen. Wir hatten uns kaum die Augen gerieben, als wir vor unserer Hütte Geräusche hörten. Ganz vorsichtig lugten wir aus der Hütte heraus, erschraken fürchterlich: an unserem Feuer standen drei Menschen, die Anderen, wie wir sie nannten, mit dunkelbraunen und sehr fest sitzenden Fellen bekleidet, lange Stöcke in den Händen. Einer von ihnen machte einige Schritte auf unsere Hütte zu.
Er stieß mehrere für uns undefinierbare Worte aus und zeigte mit seinem Stock auf den Eingang unserer Hütte – er hatte uns bemerkt!
Mit dem Stock bog er das Blattwerk zur Seite, sah uns. Und dann geschah etwas Unvorstellbares: er führte geradezu einen Freudentanz auf, und seine Begleiter schlossen sich ihm an. 'Die sind nicht böse wie der Wolf,' flüsterte ich Adam zu, der sofort nickte. 'Lass uns hinausgehen, ER wird uns beschützen!'
Wir gingen hinaus, auf SEINEN Schutz vertrauend. Und tatsächlich: die Anderen streckten uns ihre Hände entgegen, legten ihre Stöcke weg und versuchten, mit uns zu reden.
Ihr könnt euch sicherlich vorstellen, dass die Verständigung ziem-

Eva und Adam

lich schwierig war, aber wir alle hatten ja Hände und Füße ...
Was wir verstanden hatten, war, dass wir ihnen folgen sollten. Wir blickten uns an, zögerten kurz, und dann folgten wir den Anderen, heute würde ich sagen, es waren für uns Wesen wie von einem anderen Stern, so fremdartig schienen sie uns.
Es war nicht sehr weit bis zu ihren Hütten und ihrem Feuer, dessen Rauch wir schon vom Garten aus - ihr erinnert? - gesehen hatten. Es waren zehn oder zwölf Hütten, nicht aus Stangen und Zweigen gebaut mit einem windigen Blätterdach, sondern aus Lehmziegeln, wie wir heute wissen, richtig fest! Sie waren um einen großen Platz mit einem Feuer angeordnet, das mit lodernder, heller Flamme brannte. Auf dem Platz, der vielleicht zwanzig oder fünfundzwanzig Meter Durchmesser gehabt haben mag, tummelten sich viele von den Anderen, den anderen Menschen, wie wir für uns feststellten. Frauen waren dort, wie ich eine war, jünger und älter als ich aussehend, kleine Menschen, Kinder, wie es uns unsere kleine Schimpansin im Garten gelehrt hatte, und etwa zwölf bis fünfzehn Männer. Alle aber hatten eine deutlich dunklere Haut als wir.

Adam und ich sahen uns erstaunt an – so viele von den Anderen. Das mussten die Menschen sein, von denen ER im Garten geredet hatte!
Als wir bei den Hütten ankamen, wurden wir dort bestaunt wie Wundertiere, wahrscheinlich wegen unserer Hautfarbe; anscheinend waren wir für diese Menschen auch 'die Anderen'.
Als erste näherten sich uns die Kleinen, die Kinder. Sie liefen zu mehreren auf uns zu, rannten dann kichernd und schreiend wieder zurück zu ihren Müttern, kamen wieder. Ein kleiner Junge war be-

Eva und Adam

sonders mutig: er fasste mich an, zuerst ganz vorsichtig und ein wenig ängstlich, dann ganz energisch, umfasste er mein Bein. Ich konnte nicht umhin, mich hinzuknien und ihn zu umfassen – er hielt für einen Augenblick ganz still, dann rannte er schreiend und lachend wieder zu seinen Gefährten.

Der Mut dieses Kleinen ermunterte auch die anderen Mädchen und Jungen, zu mir zu kommen, und bald verschwand ich sozusagen in einem Schwarm von kleinen Leibern; ich fühlte mich unglaublich glücklich.

Adam, was hast du in diesem Augenblick empfunden?"

Eva braucht eine kleine Erholungspause, spricht ihren Mann direkt an. Dann nimmt sie einen Schluck von dem Burgunder.

„Ich habe gehofft, dass sie dich nicht erdrücken mögen. Die ganze Situation war für mich so verwunderlich, dass ich überhaupt nichts tat, einfach nur zugeschaut habe. Gedacht habe ich allerdings: gut, dass es die Kinder sind und nicht die Frauen oder gar die Männer! Die Frauen der Anderen standen in Gruppen zusammen und schienen sich in ihren Gesprächen, die ich ja leider nicht verstehen konnte, mit mir zu beschäftigen: immer wieder flogen Blicke zu mir herüber, und es wurde herumgekichert ...

Überhaupt, die Frauen: Sie trugen keine Felle wie die Männer, sondern so etwas wie große Felle, nur viel dünner und leichter, und sie hatten unbedeckte Arme!

Einer der Drei, die uns hierher gebracht hatten, wohl der Anführer, wie ich heute sagen würde, forderte uns mit einer einladenden Handbewegung auf, uns mit ihnen ans Feuer zu setzen. Ein scharfer Ruf zu den Kindern ließ die meine Eva wieder freigeben, und

Eva und Adam

ein weiterer Ruf zu den Frauen sorgte dafür, dass diese ebenfalls ans Feuer kamen.

Eva und ich empfanden uns gegenüber den Anderen als ziemlich rückständig! Auf dem Weg hierher in dieses Dorf hatten wir schon eingefriedete Felder gesehen, auf denen Schafe grasten, die Häuser waren stabil und solide gebaut, die Kleidung ganz anders, besser – wir hingegen waren bis vor wenigen Tagen noch nackt im Garten herumgelaufen und besaßen jetzt nichts mehr, nur ein paar Holzstangen und Blätter als Unterkunft, dazu einige Pflanzen, die ich schon eingesetzt hatte; ein wenig gärtnern habe ich ja schon in SEINEM Garten gekonnt.

Wir setzten uns auf einen freien Platz, nicht zu nahe am Feuer, und warteten ab, was passieren würde. Angst hatten wir nicht, die Anderen, nein, ich sollte jetzt sagen, die Menschen hier, waren sehr freundlich und friedlich.

Eine Frau brachte uns in einer Schale aus Ton, wie ich sofort sah, etwas zum Trinken. Alle beobachteten uns gespannt, wie wir auf diese Geste reagieren würden – nun, wir tranken gern, denn an diesem Tag hatten wir noch nichts zu uns genommen. Ein freundliches Nicken bei unseren 'Mit-Menschen' war die Folge. Eine andere Frau ging in ihre Hütte und trug bei ihrer Rückkehr etwas für uns Undefinierbares in den Händen: es war ein großes Stück gebratenes Fleisch. So etwas kannten wir noch nicht, denn, wie ich schon sagte, im Garten war alles vegetarisch!

Man bedeutete uns, dass wir uns von dem Fleisch etwas nehmen sollten, alle anderen, besonders natürlich die Männer, griffen beherzt zu – was also blieb uns übrig, als diese fremde Speise zu

Eva und Adam

versuchen!

Zunächst etwas zaghaft, dann aber bald mit Genuss aßen wir von dem Fleisch. Auf meinen Versuch hin, zu erfahren, woher das Essen komme, zeigte der Anführer hinter sich zur Schafweide.

Eva und ich sahen uns an: Sollte das Fleisch von einem Schaf sein, wie es der Wolf gerissen hatte? Ich zeigte auf eines der Tiere, der Anführer nickte.

Wir hatten Schwierigkeiten, weiterhin von dem Fleisch zu essen! Eine der Frauen legte große flache Steine in das Feuer, das sofort erlosch, unter denen sich die Glut jedoch hielt. Nach einiger Zeit kam eine andere Frau mit einem Tuch, in dem sich eine helle, weiche Masse befand. Sie nahm eine Handvoll von der Masse, knetete sie in ihren Händen, formte einen flachen Fladen daraus und legte den auf einen der Steine. Nach einiger Zeit nahm sie – mit spitzen Fingern – den Fladen und drehte ihn auf die andere Seite; die jetzige Oberseite war schon sehr schön braun geworden. Nach einer gewissen Zeit, Eva und ich waren gespannte Zuschauer, wurde er vom Stein genommen, zerrissen und an alle verteilt – auch wir bekamen jeder ein Stück davon.

'Esst!' bedeuteten uns die Frauen, 'esst!' Wir aßen von dem Fladen, dem Brot, es schmeckte sehr gut, und bald waren wir satt. Adam und ich nickten uns zu: Diese anderen Menschen sollten unsere Lehrer werden, wie ER es im Garten gewesen ist, sagten wir zueinander.

Vieles aus ihrem Dorf haben uns die anderen Menschen an diesem Tag bereits gezeigt, ihre Hütten, ihre Werkzeuge, ihr Geschirr, auch ihre Tiere; sie haben uns sogar gezeigt, wie man ein Huhn schlachtet, rupft und kocht – alles neue Dinge für uns!

Eva und Adam

Die Sonne begann schon zu sinken, als wir uns auf den Weg zurück zu unserer 'Hütte' machten, die wir gar nicht so mehr nennen wollten; eine Hütte, das war das, was wir heute bei den Anderen gesehen hatten!
Wir saßen noch lange an unserem kleinen Feuer und sprachen über uns, die Zukunft und die Anderen, bevor wir uns schließlich todmüde zum Schlafen legten.

Der nächste Morgen fand uns sehr nachdenklich vor. Wir mussten uns darüber klar werden, ob wir hier an diesem Platz sesshaft werden wollten oder uns den zweifelsohne sehr freundlichen Anderen anschließen und versuchen sollten, mit ihnen dort in ihrem Dorf zu wohnen. Beide Alternativen hatten Vor- und auch Nachteile. Ausschlaggebend für unsere Entscheidung war schließlich, dass wir dort im Dorf sehr, sehr viel lernen konnten und das Leben sicherlich einfacher würde als hier am Flussufer, wo es nichts außer uns gab.

'Lass uns hinübergehen zu den Anderen', schlug ich Eva vor, die mir ohne Zögern zustimmte, 'wir wollen sie fragen, ob sie uns in ihrer Gemeinschaft haben wollen!"

7. Kapitel

Neue Zeiten

Eva und Adam

ie Sonne hatte gerade ihren Höchststand erreicht, als wir bei den anderen Menschen eintrafen.

Auch aus heutiger Sicht kann diese Ansammlung von Häusern oder Hütten durchaus als ein kleines Dorf bezeichnet werden. Die Gebäude waren natürlich Ein-Raum-Häuser, mit dem Eingang zum Dorfplatz hin und einer, manchmal zwei kleinen Wandöffnungen auf der Rückseite. Diese Anordnung hatte zur Folge, dass immer ein erfrischender Wind durch den Raum wehen konnte, in der warmen Jahreszeit sicher angenehm.

Als wir den Dorfplatz erreichten, saßen die Männer mit besorgten Mienen am Feuer und schienen etwas zu beraten, zu besprechen. Häufig zeigte einer von ihnen auf den Berg hinter dem Dorf, dann wieder hob jemand zornig die geballte Faust und drohte in Richtung auf den Berg – wir konnten die Bedeutung dieses Palavers nicht erkennen ...

Als wir nähertraten, bedeuteten mir die Männer, mich zu ihnen zu setzen; Eva wurde von einer der Frauen, die bei unserem Kommen aus den Häusern gelaufen waren, vereinnahmt und am Arm genommen. Die Frauen verschwanden wieder in den Häusern.

Mit sehr viel Mimik und Gestik machten mir die Männer klar, worum es ging:

In der letzten Nacht waren Fremde auf die Schafweide gekommen und hatten viele Tiere weggetrieben. Da die Schafe, das konnte ich mir denken, für die Menschen sehr wichtig waren, berieten sie am Feuer, wie sie die Tiere zurückholen konnten.

Soweit ich verstand, gab es auch auf der anderen Seite des Ber-

Eva und Adam

ges ein Dorf wie dieses hier, und die Männer glaubten, dass dessen Bewohner ihre Schafe gestohlen hatten. Ich konnte natürlich keinen Rat geben, da ich ja die Sprache der Menschen hier noch nicht verstand; plötzlich fiel mir Wolf ein – ich weiß nicht warum. Wie wäre es, wenn er die Herde vertrieben hätte?

Ich machte den Männern deutlich, dass ich gern den Platz sehen wollte, auf dem die Schafe gewesen waren. Nach anfänglichen Missverständnissen hatte ich ihnen mein Vorhaben klar machen können, alle gingen wir zu der Schafweide abseits des Dorfes.

Ich sah mich um und fand Reste eines toten Schafes, zeigte dies den Männern – großes Erstaunen. Dann wagte ich etwas sehr Ungewöhnliches:

So laut ich konnte, rief ich mehrfach 'W O L F' in alle Himmelsrichtungen; die Männer erschraken sehr!

Zu meinem Erstaunen kam Wolf schon nach kurzer Zeit hinter einem Busch hervor, die Schnauze noch blutig. Die Männer wollten sofort fliehen, aber ich hielt sie zurück, kniete mich auf den Boden und wandte mich Wolf zu, der mich sehr, sehr aufmerksam ansah. 'Wolf, hol die Schafe zurück!' Wir sahen uns in die Augen, er wollte gerade knurren, als ich ihn mit scharfen Worten bedrohte: 'Wolf! Hol die Schafe; wir werden sonst zu Feinden! Hol die Schafe!"

Zu unser aller Erstaunen trollte sich Wolf, nicht, ohne mich noch einmal anzuknurren; ich war mir sicher, dass er verstanden hatte, was ich sagte, schließlich waren wir einmal zusammen im Garten! Es dauerte nicht lange, da hörten wir ein vielstimmiges Blöken in der Ferne; die Schafe kamen zurück, von Wolf immer wieder in die richtige Richtung gelenkt! Die Männer konnten es nicht fassen!"

Eva und Adam

Adam sieht sich in der Runde um, bittet Eva um ein Glas Wasser.
"Ihr werdet verstehen, dass ich bei den Männern jetzt als Zauberer, Held galt. Immer wieder klopften sie mir auf die Schultern, freuten sich. Sie nahmen mich in ihre Mitte, und gemeinsam gingen wir ins Dorf zurück. Eva und ich wurden in die Dorfgemeinschaft aufgenommen; allerdings: Wir waren völlig besitzlos, wenn man von den wenigen Pflanzen absah, unsere Kleidung war auch nach damaligen Verhältnissen ziemlich unzivilisiert, und unsere Hütte war es nicht wert, darüber zu sprechen!
Es war später Nachmittag geworden, als sich die Männer erneut zum Palaver am Feuer versammelten. Eva und ich saßen etwas abseits – ich erzählte ihr gerade die Sache mit Wolf, der die Schafe wiedergebracht hatte; sie war sehr erstaunt!
Es dauerte nicht lange, da wurden wir beide zum Feuer gebeten, das heißt, der Anführer machte eine entsprechende zwar einladende, aber dennoch sehr energische Handbewegung. Natürlich gingen wir sofort dorthin.
Gestenreich machten uns die Männer deutlich, dass wir jetzt zur Dorfgemeinschaft gehörten und, wer beschreibt unser Erstaunen - man gab uns eine derzeit leer stehende Hütte als Unterkunft! Wer beschreibt unser Glück – wir waren bei den anderen Menschen angekommen!"

Eva will sofort das Wort ergreifen, aber Ulrike bittet sie, eine kleine "Denkpause" einzulegen: "Wir müssen das jetzt erst einmal etwas sacken lassen, nicht wahr, liebe Freunde?" Allgemeines Nicken in der Runde.

Eva und Adam

„Bitte, lieber Adam, liebe Eva, sagt uns eines: Dort seid ihr dann geblieben, bei diesen euch doch so fremden Menschen, deren Sprache ihr nicht einmal verstandet?"

„Ja," entgegnet Eva, „und dort sind wir dauerhaft, ich sage das mit leichten Einschränkungen, geblieben! Wir haben uns die Achtung der Menschen erworben, haben fleißig und hart gearbeitet, einen gewissen – relativen – Wohlstand errungen, nicht vergleichbar natürlich mit den heutigen Zeiten!
Aber lasst mich weiter berichten, falls keine Fragen mehr bestehen."

Piet van Zwolle hebt die Hand: „Ich hätte noch gern gewusst, ob sich Gott, den ihr ja immer nur in der 'Dritten Person' benennt, also, ob ER sich bei euch in dieser Zeit gezeigt hat."

„Nein," Adam antwortet Piet auf die interessante Frage, „nein, in dieser Zeit nicht. Aber später, wir werden davon berichten, hat ER uns seine Nähe und sein Wirken spüren lassen! Wir werden auch davon berichten.

Wenn wir jetzt schon eine kleine Pause zum Gespräch haben, möchte ich euch etwas zeigen, etwas, das vielleicht ein wenig unsere Glaubwürdigkeit bestätigt, denn wir verstehen durchaus, wenn ihr an uns zweifelt!
Eva, magst du mir einmal die rote Mappe geben?"
Eva nickt, geht in den Privatbereich, kommt mit einer roten Kunstledermappe zurück.
„In dieser Mappe haben wir einige Unterlagen, die euch helfen sollen, uns über unsere Erzählung hinaus einzuschätzen!"

Eva und Adam

Adam öffnet die Mappe und nimmt mehrere Zettel heraus.
„Hier sind ein paar Informationen über unsere Herkunft. Ich reiche sie einmal herum."
Die Zeitungsausrisse der Hildesheimer Allgemeinen Zeitung aus dem Jahr 1956 machen die Runde.

Kind ausgesetzt
aj/14.August 1956
Auf dem Platz vor den Trümmern der Andreaskirche wurde gestern gegen Mitternacht ein männlicher Säugling gefunden. Das Kind war erst wenige Stunden alt. Es wurde in das St.-Bernward-Krankenhaus zur Untersuchung gebracht. Über die Mutter ist nichts bekannt, die Polizei ermittelt.

Schon wieder ein Kind gefunden
aj/22.September 1956
Erneut wurde auf dem Platz vor der „Alten Münze" ein ausgesetztes Kind gefunden, diesmal ein kleines Mädchen. Wie schon vor einigen Tagen berichtet wurde, ist dies schon der 2. Fall innerhalb weniger Tage. Die Mutter ist wie auch im Fall des kleinen Jungen unbekannt. Welche Mutter tut so etwas?

Ausgesetzter Junge war verletzt
eb/26.September 1956
Wie die Ärzte des St.-Bernward-Krankenhauses in einem kurzen Bulletin mitteilten, war der kleine Junge bei seinem Auffinden verletzt; eine frische Narbe zog sich über die Brust. Inzwischen ist er auf dem Wege der Besserung. Die Mutter konnte noch nicht ermittelt werden, deshalb bittet die Polizei um Mithilfe der Bevölkerung. Auch im Fall des aufgefundenen kleinen Mädchens gibt es keine neuen Erkenntnisse.

Eva und Adam

„Und diese gefundenen Kinder wart IHR?" Tabea staunt, die anderen mögen es auch kaum glauben.

„Ihr könnt es kaum glauben? Das verstehe ich!", schaltet sich Eva ein, „Ich hätte es an eurer Stelle auch nicht geglaubt. Aber wenn ihr euch an Adams Narbe erinnert und hier" - sie nimmt ein weiteres Blatt aus der Mappe - „diesen Krankenhausbericht lest, kommt ihr dem Verstehen schon näher.

Vielleicht sollten wir jetzt kurz über unsere Kindheit und Jugend hier in Hildesheim berichten, damit ihr davon auch etwas erfahrt.
Wie wir gestern schon erwähnt haben, wuchsen wir bei verschiedenen Pflegeeltern auf, von denen wir im Grundschulalter auch adoptiert wurden. Nach unser beider Grundschule in der Bismarkstrasse besuchte Eva die Mädchen-Mittelschule und ich das Gymnasium Andreanum.
Kennengelernt haben wir uns, beide waren wir etwa 16 Jahre alt, 1972 bei einem Jahrmarkt auf dem Platz Steingrube, gar nicht weit von hier. Wir hatten, und Eva wird es bestätigen, sofort einen tollen Draht zueinander und waren ziemlich unzertrennlich. Als wir dann in der Berufsausbildung waren, trennten sich zeitweise unsere Wege, aber wir kamen immer wieder zusammen – im Jahre 1977 heirateten wir dann, beide mit nur einundzwanzig Jahren. Unsere beiden Kinder, Michael und Birgit, kamen bald zur Welt, und wir waren und sind eigentlich eine ganz normale Familie, inzwischen sogar schon mit drei Enkelkindern gesegnet – wenn nur unsere Vorgeschichte nicht wäre, die uns, je älter wir werden, immer stärker einholt ..."

Eva und Adam

Adam stockt in seinen Ausführungen, schaut vor sich hin, nimmt einen Schluck Wasser. Eva, die auf der anderen Tischseite sitzt, geht zu ihm, nimmt ihn ein wenig in den Arm.
„Es belastet Adam in der letzten Zeit immer mehr, die Sache mit dem Paradiesgarten, der Vertreibung, unsere Söhne damals. Manchmal macht er sich sogar den Vorwurf, Schuld an unserer Lebensgeschichte damals gehabt zu haben – er hätte ja nicht von meinem Apfel essen müssen. Aber da ist ja nun die Schuld eindeutig bei mir zu suchen, und dazu stehe ich auch! Und ich bin der Meinung – zumeist schließt sich Adam meiner Ansicht an – dass alles in Gottes großem Plan vorgesehen war!"

Sie geht zurück auf ihren Platz, denkt einen Augenblick nach.
„Ich meine, dass ich jetzt wieder den Erzählpart übernehmen sollte.

Wir hatten also jetzt eine Hütte bei den Anderen, gehörten zu ihnen. Sie unterstützten uns in jeder Beziehung, schenkten uns einige Schafe und Ziegen, halfen Adam beim Anfertigen von Werkzeugen verschiedenster Art, versorgten uns in der Anfangszeit mit Essen und Trinken, mit Kleidung. Es hat auch nicht lange gedauert, bis wir uns mit unseren Mitmenschen hier im Dorf gut verständigen konnten, unsere Situation war zwar nicht so 'schön' wie in SEINEM Garten, aber recht komfortabel für die damaligen Umstände.
ER hat sich übrigens in dieser Zeit dort nicht gezeigt ...
Nach dem Winter, der uns oft frieren ließ, denn es zog natürlich in den Hütten, und es gab auch noch keine Thermohosen und warme Unterwäsche", die Frauen in der Runde schmunzeln, „also nach

Eva und Adam

dem Winter, der Adam und mich sehr, sehr oft ganz nah zusammenrücken ließ", erneut deutliches Grinsen bei allen, „spürte ich, dass neues Leben in mir entstand: Ich war schwanger, ohne es richtig zu begreifen, aber das Begreifen kam natürlich im Laufe der nächsten Monate. Adam wunderte sich sehr über die Veränderungen, die mit meinem Körper geschahen, liebte mich aber unverändert sehr,
und irgendwann war es dann so weit: Ich bekam meinen ersten Sohn, Kain.

Zumindest die Mütter unter euch, aber vielleicht ja auch die Väter können sich vorstellen, wie glücklich ich war. Adam – das war und ist mein geliebter Mann, aus dessen Rippe, wie es die Bibel schreibt, ich von IHM geschaffen war – ich war also damals, wenn man es genau betrachtet, ein Stück von ihm; dieses Kind aber hatte ER mir geschenkt, mir ganz allein.

'Ich will dieses Kind lieben und behüten. Alles Böse will ich von ihm fernhalten, alle Gefahren abwenden. Es soll wachsen und gedeihen und glücklich sein!' So war das Gelübde, das ich mir selbst auferlegt hatte.
Adam sah die ganze Sache deutlich nüchterner, nicht wahr, mein Lieber?", wendet sie sich ihrem Mann zu, der ihr zunickt: „Na ja, da unterscheiden sich ja bis zum heutigen Tage die Männer von den Frauen, ihr seid eben viel emotionaler!"

Eva geht kurz in die kleine Küche ihres Lokals: „Ich hole uns mal eben ein paar Kleinigkeiten, die wir heute am späten Nachmittag

Eva und Adam

zubereitet haben, wir hoffen, dass sie euch schmecken werden!"
Sie kommt mit einem Tablett voller kleiner Leckereien zurück – Hildesheimer Pumpernickel mit Käse und gehackten Radieschen, Toastbrot-Stücke mit Leberwurst und Gürkchen, Matjessalat, Weißbrot und noch diverse andere Kleinigkeiten, um die Gaumen der Gäste zu erfreuen. Adam hat in der Zwischenzeit die Gläser mit dem Burgunder neu gefüllt.
Nach dem „Guten Appetit!" greifen alle kräftig zu - die Gespräche drehen sich, wie kann es anders sein, um die Erlebnisse von Eva und Adam.

Piet van Zwolle meldet sich zu Wort: „Liebe Leute, einen solchen Abend habe ich in meinem ganzen Leben noch nicht gehabt! Ich bin so froh und dankbar, dass ich heute hier mit euch allen zusammen sein darf! Danke dafür an euch und natürlich an unsere Gastgeber für die großartige Bewirtung, vor allem aber für ihre Berichte, die mich so sehr interessieren. Eine meiner nächsten Predigten wird mit Sicherheit dieses Thema behandeln!"

Großer zustimmender Beifall kommt von allen Seiten, und Eva und Adam werden ein wenig verlegen. „Ist ja schon gut, das ist zu viel des Lobes für uns," erwidert Adam, „es ist für uns ganz, ganz wichtig, unsere Geschichte in diesem Kreis erzählen zu dürfen, auch wir haben zu danken, für eure Aufmerksamkeit und Anteilnahme!"
„Wir sollten, wenn wir uns gestärkt haben, vielleicht fortfahren", mahnt Adam ein wenig, „wir werden sonst erst in den Morgenstunden mit unserem Bericht fertig werden!"

Eva und Adam

Eva und, wie selbstverständlich, auch Tabea, decken den Tisch ab. „Möchte noch jemand etwas zum Trinken haben?", fragt Tabea – sie fühlt sich in der Rolle als Servicekraft anscheinend richtig wohl. Einige der Gäste wünschen noch einen Saft, ein Wasser, ein Bier – alles wird von ihr prompt serviert, Eva staunt über Tabeas Aktivitäten. „Hast du so etwas schon einmal gemacht?", wird sie von Eva gefragt; ein Kopfschütteln ist die Antwort, „Aber ich würde es gern öfter tun, es macht mir Spaß!"

Adam hat inzwischen den „Erzähl-Stuhl" wieder besetzt und berichtet weiter aus dem Leben in der fernen Vergangenheit.

„Unser erster Sohn war auf der Welt, und für mich begann sozusagen ein neues Leben in einer mir völlig neuen, fremden Rolle. Ich war Vater! Während sich Eva sofort in die Mutter-Rolle hineingefunden hatte, tat ich mich schwer damit, Vater zu sein! Allein das Geschrei des Säuglings, natürlich auch in den Nächten, die meiner damaligen Meinung nach stark von mir auf das Kind verlagerte Liebe Evas (soll man das vielleicht als eine besondere Form von Eifersucht bezeichnen?) machten mir emotionale Probleme – gut, dass ich meine Arbeit mit den Tieren und dem Acker hatte, dabei fühlte ich mich wohl. Apropos Tiere: Ich besaß inzwischen schon eine ziemlich große Schafherde, so etwa vierzig oder fünfzig Tiere, und einige Ziegen - die waren natürlich besonders wichtig, denn von ihnen kam die Milch für unseren Kain, als Eva ihn nach einem guten Jahr nicht mehr stillen konnte.
Als Kain noch sehr klein war, kam an einem sonnigen Herbstmorgen Wolf in unser Dorf! Die Frauen und Kinder flüchteten sofort

Eva und Adam

in ihre Hütten, die Männer holten große Stöcke, die sie gegen Wolf als Waffe benutzen wollten.

Wolf lief über den Dorfplatz, immer um das Feuer herum, als suche er etwas.

Ich hatte gerade mein Fladenbrot gegessen und den letzten Schluck von meinem Wasser getrunken, als ich ihn sah.

'WOLF!', rief ich ihn an, 'WOLF, komm her!', und er kam sofort, legte sich mir zu Füßen. Die Männer im Dorf, die sich inzwischen beim Feuer versammelt hatten und anscheinend beratschlagten, wie sie mit dem 'Ungeheuer' umgehen sollten, riefen mir Warnungen zu, die ich jedoch nicht berücksichtigen wollte und konnte – sie hatten das Tier nicht wiedererkannt, das ihnen vor nicht langer Zeit ihre Schafe zurückgebracht hatte. Ich kniete mich vor Wolf auf die Erde, sah ihm fest in die Augen und wusste: Dieses stolze Tier war als Freund gekommen!

Ich sprach zu ihm und mit ihm, wie ich es auch in SEINEM Garten getan hätte, und er antwortete mir auf seine Weise, so, wie damals auch der große Löwenmann geantwortet hat, wenn wir mit ihm sprachen.

Das Ergebnis der ganzen Prozedur: Wolf wurde mein treuer Begleiter, wenn es um die Schafe und Ziegen ging, und ich versorgte ihn mit allem, was ein Wolf so braucht. Ein treuer Haus- und Hütehund war aus dem wilden Tier geworden, auf den ich mich stets verlassen konnte!

Wie unsere Dorfnachbarn auch bauten wir Feldfrüchte und Getreide an, könnt ihr euch vorstellen, wie mühsam es ist, einen Hakenpflug durch die trockene Erde zu schieben? In Afrika gibt es die ja in manchen Regionen immer noch... Es war schon sehr, sehr an-

Eva und Adam

strengend, und nach einem Tag Pflügen fiel ich immer todmüde auf mein Lager.

Unser Dorf lag in einer sehr fruchtbaren Region, sodass wir ganz gute Erträge aus dem Boden gewinnen konnten, und durch die Schaf- und Ziegenzucht gab es auch immer wieder Fleisch 'auf dem Teller' – da bekam Wolf natürlich auch seinen Anteil. Getreide waren Gerste sowie die Weizenarten Einkorn und Emmer, die beiden sind ja heute ziemlich unbekannt.

Töpfern hatte ich ja schon in SEINEM Garten gelernt, jetzt kamen natürlich andere Handwerkskünste hinzu, einschließlich des Schlachtens von Schafen und Ziegen und des Herstellens von Ziegelsteinen; auch das Scheren der Schafe mit unseren primitiven Werkzeugen gehörte dazu. Die Männer des Dorfes, ich eingeschlossen, gingen auch manchmal auf die Jagd, und beim Aufspüren des Wildes war uns Wolf eine gute Hilfe.

Evas Aktivitäten lagen überwiegend im häuslichen Bereich und im Betreuen der Kinder, denn nur gut ein Jahr nach Kain kam unser Abel zur Welt. Von den anderen Frauen im Dorf hatte sie inzwischen natürlich Vieles gelernt – Brotbacken, Felle gerben, Schafwolle spinnen, zu grobem Tuch weben und daraus Kleidung herstellen – Eva war schon zu dieser Zeit ein echtes Multitalent! Zu den häuslichen Aktivitäten kam noch der Anbau von Gemüsen in unserem kleinen Garten hinter dem Haus.

Erinnert ihr euch – wir hatten diverse Pflanzen aus SEINEM Garten hierher gerettet, davon profitierte jetzt die ganze Dorfgemeinschaft!

Probleme bereitete uns wie auch den anderen Dorfbewohnern im-

Eva und Adam

mer die Regenzeit im Frühjahr, obwohl sie uns natürlich erst den Anbau von Getreide ermöglichte, und ohne Gras gab es auch kein Futter für die Tiere ...

Unsere Jungen wuchsen heran - Stolz ihrer Eltern, aber ich muss sagen, besonders spannend war unser Leben nicht , ein Tag verlief wie der andere.

Eines Tages kam Borda, ein großer, starker Mann aus unserem Dorf ganz aufgeregt und laut rufend von der Feldarbeit zurück: 'Die Menschen von der anderen Seite des Berges haben mich von meinem Acker gejagt und meine Schafe weggetrieben!'

Großes Palaver am Feuer – was tun? Ich wurde von ihnen gerufen, um meinen Rat gefragt. 'Borda', fragte ich ihn, 'wann war das und wo?'

Er beschrieb uns den Platz, gar nicht sehr weit vom Dorf entfernt. "Wenn es dort war, sollten wir uns sofort auf den Weg machen, deine Schafe wieder holen, und dafür nehmen wir meinen Wolf mit!'

Gesagt, getan! Mit Knüppeln bewaffnet und in Begleitung von Wolf zogen wir los, die Schafe zurück zu erobern. Es dauerte nicht lange, da hörten wir vor uns schon die Schafe blöken. Wolf sah zu mir auf, wartete anscheinend auf meinen Befehl. 'Wolf, hol die Schafe!' Mit lautem Gebell jagte Wolf in Richtung auf die Schafe und die fremden Männer. Wir konnten nicht sehen, was er tat, aber ein lautes Geschrei erhob sich schon nach kurzer Zeit, und wir mussten nicht sehr lange warten, bis die ersten Schafe im hohen Gras sichtbar wurden. Die Tiere kamen direkt auf uns zu, von Wolf war lange Zeit nichts zu sehen, bis er schließlich wieder auftauchte, zu mei-

Eva und Adam

nem Erschrecken mit einer blutigen Schnauze – sollte er einen Menschen angefallen haben? Ich mochte den Gedanken nicht zu Ende denken! Es wäre schrecklich, wenn ihn sein Jagd- und Beutetrieb zu so etwas hingerissen hätte, obwohl – er war ein Wolf und kein Spielgefährte für meine Söhne!

Borda kam freudestrahlend auf mich zu, seine Aufregung und auch die Schmerzen, die ihm die 'Männer hinter dem Berg' zugefügt hatten, waren vergessen. Er umarmte mich: 'Ich schenke dir zwei Handvoll von meinen Schafen! Danke!'

Die Männer des Dorfes waren froh, nicht gegen die anderen Männer kämpfen zu müssen, um die Schafe zurückzuholen.

Es waren mehrere Winter und Sommer ins Land gegangen, als ER eines Tages in unserer Hütte stand.

«Ihr seid hier jetzt so zu Hause, wie ihr es einst in meinem Garten wart. Nun ist es Zeit, dass ihr euch an mich erinnert, denn über alle Zeit hier habe ich über euch gewacht, Böses von euch abgewendet, und Wolf war mir dabei ein guter Gehilfe! Jetzt aber wünsche ich von euch, dass ihr mir draußen auf eurem großen Acker einen Opferaltar baut und mir am Ende eines jeden Sommers ein gutes Teil eurer Ernte darbringt, ein Tier, eine Garbe vom Getreide, eine Stunde eurer Zeit. Ich werde euer Opfer mit Wohlwollen betrachten, wenn ihr es gern darbringt. Hört auf meine Worte!»

Eva und ich waren uns sofort einig, SEIN Wort zu befolgen. Schon am nächsten Morgen waren wir zusammen mit unseren Söhnen auf dem Feld zu finden, das ER benannt hatte, um Steine für den Opferaltar zu sammeln.

Eva und Adam

Wir fanden jenseits des Pfades, der zu dem Berg führte, einen schönen Platz, ein wenig von Büschen umgeben und von mehreren Bäumen überschattet. 'Hier wollen wir für IHN den Altar bauen und ihm opfern!'

Unsere Jungen waren inzwischen herangewachsen, ohne dass es in der Zwischenzeit noch einmal zu Schwierigkeiten mit den Menschen 'hinter dem Berg' gekommen war, im Gegenteil: Es hatten sich freundschaftliche Verbindungen zwischen unseren beiden Dörfern ergeben – Borda hatte sich sogar eine Frau dort gesucht.

Wieder einmal zog der Herbst ins Land, die Ernte begann. Es gab in diesem Jahr ganz besonders gute Erträge von den Feldern und auch aus unserem Gemüse- und Obstgarten, und wir hatten große Mühe, alles für den Winter und das kommende Jahr einzulagern. Mit den Männern im Dorf, die sich über ähnlich gute Ernten freuen konnten, hatten wir schon im Sommer begonnen, ein großes Vorratshaus zu bauen, natürlich aus Ziegeln. Es hatte aber eine Besonderheit: Den Boden legten wir mit Steinen aus, die wir aus dem Fluss holten, und innen mauerten wir Sockel auf, damit das Getier nicht unsere Ernte fressen konnte; dazu kam noch, dass wir sogar aus stabilem Flechtwerk eine Tür herstellten, die mit einem Riegel aus einem starken Ast verschlossen werden konnte.

Die gute Ernte war für mich der Anlass, allen Menschen im Dorf von IHM zu erzählen, ich war sozusagen als Missionar aktiv. Die Reaktion war natürlich, wie immer in solchen Situationen, sehr gemischt, denn die meisten Menschen vertrauen zunächst einmal auf

Eva und Adam

ihre eigenen Fähigkeiten und Möglichkeiten – Borda, der inzwischen ein guter Freund geworden war, und noch einige andere vertrauten mir jedoch und wollten in Zukunft auch auf IHN vertrauen.

So machten wir uns an einem sonnigen Herbsttag also auf zu meinem Opferaltar, beladen mit den Opfergaben von den Feldern und einem von uns schon geschlachteten Schaf aus meiner Herde – das Schlachten war mir inzwischen, wie die Feldarbeit, zur Routine geworden. Einer der Männer trug das Feuer von unserem Dorfplatz als Fackel mit sich, denn wir wollten IHM ein Brandopfer bringen.

Am Opferaltar breiteten wir die Opfergaben aus, entzündeten das Feuer, dankten mit einem rhythmischen Gesang IHM, der uns eine so gute Ernte beschert hatte. Als das Feuer heruntergebrannt war, machten wir uns wieder auf den Heimweg – das war also meine erste Opferhandlung."

Piet van Zwolle staunt: „Dann warst du also sozusagen der Erfinder des Gottesdienstes! Ich bin erstaunt, darüber habe ich überhaupt noch nicht nachgedacht!"

„Ja, so betrachtet hast du Recht, aber schon in dieser Zeit waren anscheinend die Frauen wie selbstverständlich davon ausgeschlossen!" Ein wenig verärgert reagiert Ulrike auf den letzten Teil von Adams Bericht, „Warum durften denn keine Frauen an der Opferhandlung teilnehmen?"

„Das, liebe Ulrike, kann ich dir beim besten Willen nicht sagen. Daran haben wir Männer überhaupt nicht gedacht, es war einfach so, dass die Frauen am und im Haus blieben – aber ein Verbot gab

Eva und Adam

es sicherlich nicht!", antwortet Adam und nimmt einen Schluck Rotwein.

„Eva, übernimmst du jetzt das Erzählen?" Eva nickt, wendet sich der Runde zu: „Bevor ich fortfahre: hat noch jemand einen Wunsch?"
„Soll ich das übernehmen?" fragt Tabea und steht schon von ihrem Stuhl auf. „Dann mach mal!" ist die Antwort von Eva, die sich über Tabeas Hilfe freut, die Betreuung der Gäste und der Gastgeber.

„OK, liebe Freundinnen und Freunde, es geht weiter.
Nun, das Opfern hat mich nicht weiter betroffen gemacht, das war nicht mein Hauptproblem. Wesentlich belastender waren meine Söhne! Sie waren jetzt in dem Alter zwischen Kind und Mann – ihr könnt euch vorstellen, wie streng ich manchmal mit ihnen sein musste; ständig haben sie Dummheiten gemacht, die Mädchen im Dorf geärgert, hatten keine Lust, mit den Tieren, auf dem Feld oder im Garten zu arbeiten. Ich musste ständig hinter ihnen her sein! Gern nahmen sie aber jede Gelegenheit wahr, mit Wolf an ihrer Seite durch die Gegend zu streifen, und manchmal hatte ich das Gefühl, dass Wolf sie aus irgendeiner Gefahr gerettet oder sie davor bewahrt hatte!
Eines Tages kamen sie von einem ihrer Streifzüge ohne Wolf zurück!
'Wo ist Wolf?', wurden sie von Adam gefragt, gaben aber zunächst keine Antwort. 'Wo ist Wolf?' Sie drucksten eine Zeit lang herum, dann kamen sie mit der Sprache heraus: 'Er ist fortgelaufen! Als wir auf der anderen Seite des Flusses waren, haben wir plötzlich lau-

tes Wolfsgeheul gehört. Wolf hat uns angesehen, als ob er sich verabschieden wollte, und dann ist er mit Riesensätzen davon in Richtung des Geheuls, hielt noch einmal kurz an, um zu uns zu schauen, und dann war er weg!' Kain und auch Abel waren sichtlich bedrückt, waren aber natürlich völlig unschuldig an Wolfs Verhalten!

Als Adam am Abend von den Feldern nach Haus kam, fragte er natürlich als Erstes nach Wolf. 'Wo ist er?' Die Jungen erzählten ihm mit gesenkten Köpfen die ganze Geschichte.

'Er ist zu seinem Rudel zurückgegangen, hier bei uns ist nicht mehr sein Platz gewesen – es ist gut so, macht euch keine Gedanken darüber!' Ich habe mich über Adams Reaktion sehr gefreut, - kein Donnerwetter, wie sonst manchmal ...

Ich sollte vielleicht noch etwas zu meinem lieben Mann und mir sagen.

Wir waren jetzt schon mehr Jahre im Dorf, als wir in SEINEM Garten waren, und während wir im Garten überhaupt nicht gealtert waren, machten sich hier im Dorf doch die Spuren des Lebens an Leib und Seele bemerkbar ...

Wir waren jetzt ganz normale Menschen geworden mit allen Stärken und Schwächen, aber unsere Liebe zueinander war – und ist – ungebrochen!"

Applaus kommt, wie kann es anders sein, von Tabea, und die anderen in der Runde stimmen ein. „Danke, ihr Lieben! Aber lasst mich weiter erzählen!

Eva und Adam

Also – Wolf war weg, und das Hüten der Schafe oblag jetzt unserem etwa sechzehnjährigen Abel, der sich jetzt zu einem sehr guten Schäfer und Schafzüchter entwickelt hatte; Kain, der etwas Ältere, hatte mit Adam zusammen die Feldarbeit übernommen, und mein Part waren Haus, Garten und das Kleinvieh. Alles war gut verteilt und geregelt.

Die Jahre gingen dahin, die Familie blieb, auch wenn es manchmal Probleme gab, immer der Mittelpunkt.

Adam, der inzwischen ein wenig müde geworden war", sie wendet sich Adam zu, „nicht wahr mein Schatz?", der brummt nur etwas in seinen nicht vorhandenen Bart, „also Adam war nicht mehr so oft im Feld und auf der Schafweide unterwegs, was ich als sehr schön empfand, so konnte er mir wunderbar im Garten helfen! Er war davon ja sooo begeistert ...!" Erneut knurrt der vor sich hin.

„Wir hatten im Verlaufe der Jahre aus der kleinen Hütte, die uns unsere Mitmenschen überlassen hatten, ein richtiges Haus gebaut. Immer, wenn es Adams Zeit zuließ, hat er, später auch mit Hilfe der Jungen, Ziegel angefertigt und Mauern hochgezogen; als Dach dienten Stämme und damit verflochtene Zweige, das Ganze mit einer dicken Schicht Lehm verschmiert; meistens waren die Dächer auch dicht, außer bei ganz starkem Regen... Ein schattiger Innenhof war das Zentrum unseres Familienlebens. Die Jungen hatten sogar jeder einen eigenen Raum mit jeweils eigenem Eingang – das war damals der reinste Luxus!

8. Kapitel

Partnerprobleme – Krise

Eva und Adam

Wie ich schon erzählte, hatten sich unsere Söhne sozusagen 'spezialisiert', Kain war der Ackerbauer, Abel der Viehzüchter – Adam hatte sich aus der Tagesarbeit, wie gesagt, weitgehend zurückgezogen. Er hatte sich aber nicht nur davon zurückgezogen, auch mir gegenüber war er sehr zurückhaltend geworden – von unserer gegenseitigen Anziehung war bei ihm nicht mehr sehr viel geblieben! Wenn ich mich ihm abends oder nachts näherte, wies er mich immer häufiger zurück.

In dieser Zeit habe ich mich sehr einsam gefühlt, wenn auch die Familie um mich war. Immer nur die Männer versorgen, im und am Haus für Ordnung sorgen und mich mit meinen Nachbarinnen unterhalten – das kann es doch nicht gewesen sein. Ich wollte endlich wieder geliebt werden, ein 'Gute-Nacht-Kuss', und auch das nicht immer, genügte mir eigentlich nicht.

Meine Damen, was denkt ihr über das Problem?" wendet sich Eva aus dem Erzählen heraus direkt an die fünf Frauen in der Runde. Die besonnene, bisher sehr zurückhaltende Ulrike nickt versonnen: „Ja, liebe Eva, was sollen wir da sagen? Manchmal ist ja in solchen Fällen ein Aufmunterungs-Anstoß ganz hilfreich für die Liebe, ein Windhauch kann ja eine Glut auch wieder zu einer lodernden Flamme entfachen!"

Nachdenkliche, aber auch schmunzelnde Gesichter erntet Ulrike für ihre Worte. „Meinst du damit eine Liebelei oder gar ein Fremdgehen?" Betty spricht aus, was die anderen denken. „Na ja, man muss es ja nicht zu Ende denken oder tun, aber ein wenig reizen mit dem Gedanken darf man schon, meine ich."

„Eva, wie hast du das Problem gelöst, denn ihr seid ja auch heute

Eva und Adam

noch, und zwar glücklich, wie uns scheint, zusammen", meint Anneke, „erzähl doch mal!"
Eva sieht zu Adam hinüber, der ganz intensiv sein Glas betrachtet. „Lasst Adam erzählen!"

„Nun", meint der, „ich hatte zu der Zeit eine ganz, ganz schlechte Phase, wenn ihr versteht, was ich meine. Die Jungen waren erwachsen und sorgten für uns alle, Wolf war auf Nimmerwiedersehen verschwunden, und Eva nervte mich immer wieder mit 'Mach dies', 'Tu das, du hast doch jetzt so viel Zeit'. Ich zog mich immer mehr in mich zurück, wollte einfach immer nur meine Ruhe haben! Die einzigen Abwechslungen waren die Jagden mit den Männern aus dem Dorf, da habe ich mich, auch ohne Wolf, richtig glücklich gefühlt. Und wenn ich dann der Familie ein erlegtes Tier präsentieren konnte und man sich darüber freute, war ich für einen kurzen Augenblick wieder glücklich.
Natürlich bestand mein tägliches Leben nicht nur aus der Jagd, manche Dinge im Haus und bei den Tieren waren schon noch durch mich zu erledigen, aber im Großen und Ganzen war ich sozusagen 'Rentner' und betrachtete mich als ziemlich überflüssig!"

An diesem Punkt greift Eva sofort ein: „Du warst überhaupt nicht überflüssig, im Gegenteil, und wie gern hätte ich damals wieder ein so schönes und intensives Verhältnis zu dir gehabt wie in unserer guten Zeit in SEINEM Garten, aber du warst ja immer nur auf Konfrontation und Ablehnung – und ich hatte das Gefühl, dass du dir selbst furchtbar leidtatest! Und dann passierte etwas völlig Ungeplantes, lasst mich berichten.

Eva und Adam

Du warst wieder einmal mit einigen Männern auf der Jagd, ihr wolltet ein großes Tier jagen, einen wilden Stier, der durch die Wälder in der Umgebung streifte.
Schon vor dem Aufgang der Sonne seid ihr damals losgezogen, und wie immer waren wir Frauen mit den Kindern fast allein im Dorf – auch die erwachsenen Söhne hatten sich der Jagdgesellschaft angeschlossen, und nur wenige Männer hatten keine Lust am Jagen.

Einer von denen war Kardim, ein hochgewachsener, gut gebauter junger Mann, der Sohn unserer direkter Nachbarn, der noch keine Frau im Dorf ausgewählt hatte.
Wann immer es ihm möglich war, suchte er meine Nähe, und ich muss gestehen, es schmeichelte mir. Seine Statur, sein fröhliches, offenes Wesen, sein Äußeres – alles erinnerte mich sehr stark an Adam während der Zeit in SEINEM Garten, und bei dieser Vorstellung erwachte ein ungeheurer Drang nach Liebe in mir!
Adam immer ferner von mir, Kardim in meiner unmittelbaren Nähe – ich war hin- und hergerissen von meinen Gefühlen, ihr Frauen werdet es vielleicht verstehen!
Und dann dieser Vormittag, ich sagte ja schon, (fast) alle Männer waren zur Jagd. Ich arbeitete in meinem Gemüsegarten hinter dem Haus, und Kardim kam aus seinem Haus zu mir. 'Wollen wir uns nicht auf die Bank setzen, ein frisches Wasser aus dem Brunnen trinken und ein wenig reden?' Ich sah ihn an, nickte, legte mein Gartengerät zur Seite. Er schöpfte das Wasser aus dem Dorfbrunnen und kam mit den beiden Bechern zurück zu mir, sah mich

Eva und Adam

ganz intensiv mit seinen tief-dunklen Augen an – sein Blick drang sozusagen in mich. Ich nahm einen großen Schluck von meinem Wasser, gleich darauf wurde mir schwindlig, alles verschwamm vor meinen Augen. 'Ist dir nicht gut?', hörte ich ihn sagen – dann wurde es dunkel um mich, ich war ohnmächtig!

Als ich erwachte, lag ich in Kardims Haus auf seinem Lager und konnte mich an die vorangegangenen Stunden nicht erinnern. Immer noch etwas benommen merkte ich – ich war nackt! Der Bursche hatte mich entkleidet, hoffentlich nicht NUR entkleidet! Ich sah mich um. In einer hinteren Ecke des Raumes sah ich ihn, und er sah, dass ich wieder wach wurde. Mit einem gemeinen Grinsen im Gesicht näherte er sich dem Lager, auf dem ich lag. Ich tastete um mich herum, um meine Kleidung wiederzufinden – vergeblich.

'So habe ich sie mir vorgestellt, die Stunden mit dir', sagte er, verbunden mit einem hässlichen Lachen, 'und jetzt werde ich dich noch einmal nehmen und wieder und wieder und wieder!'
Ich schrie auf, so laut ich konnte, hörte mich denn niemand? Aber die Frauen waren zu dieser Mittagsstunde mit den Kindern in den Häusern, und die Männer auf der Jagd. Und Kardim kam zu mir, ich konnte mich nicht wehren, er war zu schwer und zu kräftig ...
Nach einiger Zeit ließ er von mir ab: 'Und jetzt troll dich! Wehe, wenn du jemandem von diesen schönen Stunden erzählst, dann komme ich wieder zu dir!' Ich raffte meine Kleidung zusammen und rannte, so schnell ich konnte, über den staubigen Dorfplatz in unser Haus. Ich kam mir so schmutzig vor, war so gedemütigt worden, so erniedrigt.
Ich kleidete mich an, mit frischen Sachen, lief, so rasch ich konnte,

Eva und Adam

hinunter zum Fluss, alles, selbst die Erinnerung an Kardims Gemeinheit, abwaschen, wieder klar in meinen Gedanken werden! Was sollte ich tun? Schweigen über diesen Vorfall? Adam davon erzählen? Seine Mutter informieren, das ganze Dorf? Nein, das ganze Dorf – das ging nicht! Womöglich hielt mich dann noch der Eine oder Andere für eine leichtfertige Frau, und dabei hatte ich doch nur mit dem Schwein, so darf ich wohl sagen, einen Becher Wasser trinken wollen. Und er hatte mir etwas Betäubendes hineingetan!

Kardims Mutter – sie war alt und schon ziemlich gebrechlich – das ging auch nicht.

Also Adam!

Ich habe lange im Fluss gebadet, um wieder klar zu werden und all den Schmutz abzuwaschen, fühlte mich danach viel besser; vor Kardims Drohung, wiederzukommen, hatte ich aber keine Angst, vielmehr aber vor dem Gerede im Dorf, falls er sich mit seiner Untat brüsten sollte.

Gegen Abend kamen die Männer von der Jagd zurück, eine Antilope hatten sie erlegt und freuten sich jetzt darauf, die Beute auf die Familien verteilen zu können. Am Feuer, die Dämmerung kam schon herauf, fand die ganze Prozedur statt.

Ich rief Adam sofort zu mir, als ich ihn sah. Du hattest zunächst keine Lust, zu mir zu kommen, die Runde am Feuer zu verlassen, aber anscheinend hast du an meinem Gesichtsausdruck gesehen, dass etwas nicht in Ordnung war, und kamst aber dann doch ziemlich bald."

Eva und Adam

„Ohne Eva vorgreifen zu wollen, möchte ich jetzt aus meiner damaligen Sicht weitererzählen, bevor wir eine kleine Pause einlegen!", ergreift Adam das Wort, „Also: Eva rief mich zu sich, als wir Männer alle fröhlich am Feuer saßen und uns von unseren Heldentaten erzählten, Kardim war auch dabei, schließlich sollte seine alte Mutter auch etwas von der Jagdbeute abbekommen. Als Eva mich rief, stand er auf und ging davon, was niemand verstand, denn die Verteilung hatte doch noch gar nicht begonnen! Später habe ich dann begriffen, welche 'Beute' er gemacht hatte, als wir unterwegs waren!
Eva hat mir dann sofort die ganze Angelegenheit berichtet, soweit es ihr möglich war, immer wieder brach sie in Tränen aus...
Ich habe sie nicht nach Einzelheiten gefragt, ihr Wort war mir genug, um meine Reaktion auszulösen - dies war eine so schändliche Tat, dass das ganze Dorf über die Strafe für Kardim entscheiden musste!

Es waren nicht viele Schritte über den Platz bis zum Feuer, wo mich die anderen Männer schon gespannt erwarteten: 'Ich habe euch, Männer, von einer schrecklichen Tat zu berichten, die sich heute hier in unserem Dorf zugetragen hat. Kardim, der Sohn des Verstorbenen Alid, hat meine Frau Eva betäubt und sie dann gemein benutzt! Er muss bestraft werden!'
Die Männer waren wie vom Donner gerührt, zunächst Schweigen, dann ein wildes Palaver. Es gab Stimmen, die forderten, Kardim zu töten, andere wollten ihn verjagen, wieder andere meinten, es sei doch nur um eine Frau gegangen ...!
Besonders wegen dieser Meinung war ich natürlich entsetzt, ich

Eva und Adam

wäre denen, die diese Ansicht hatten, am liebsten an die Gurgel gegangen ...

Nach einem schier endlosen Palaver haben wir uns dann geeinigt: Kardim sollte aus der Dorfgemeinschaft ausgeschlossen und fortgeschickt werden. Aber das Ganze wurde sehr großzügig gehandhabt – damit er nicht umkäme, wurden ihm zwei Ziegen und zehn Schafe mitgegeben. 'Sagt seiner Mutter, er solle vor der Gemeinschaft erscheinen, damit ihm das Urteil verkündet werden kann!'

Am nächsten Morgen war Kardim wieder da, winkte Eva und mir frech vom Haus seiner Mutter aus zu. Dann ging er, betont langsam und sich anscheinend keiner Schuld bewusst, zum Feuer, wo sich sehr schnell die Männer versammelten. Ich hielt mich heute fern, denn ob ich meine Wut hätte im Zaum halten können, habe ich bezweifelt!

Eva war natürlich immer noch völlig geschockt von den Ereignissen. Einen plötzlichen Entschluss fassend, raffte sie ihr Kleid zusammen, rannte zum Dorfplatz, wo die Männer versammelt waren. Kardim sehen und ihm links und rechts ins Gesicht schlagen – das war eine so schnelle und spontane Aktion, dass der keine Chance hatte, zu reagieren. Und eben so schnell, wie sie dorthin gerannt war, kam sie wieder zu mir gelaufen: 'Jetzt ist mir ein wenig wohler', waren ihre Worte, aber ich wusste, dass sie im Innersten noch immer bedrückt war und sich fürchterlich schämte, obwohl sie ja nun wirklich keine Schuld an der Vergewaltigung durch Kardim trug.

Die Männer am Feuer auf dem Dorfplatz hatten inzwischen das Urteil ausgesprochen, und Kardim ging, längst nicht mehr so überheblich wie zuvor, in das Haus seiner Mutter.

Eva und Adam

Ich tröstete Eva, so gut ich konnte, und auch die Jungen waren wirklich sehr lieb und mitfühlend – aber ein Schatten lag von nun an über unserer Familie, und irgendwie traf mich ja auch eine gewisse Mitschuld – wäre ich doch nur nicht zur Jagd mitgegangen!
Natürlich kehrte der Alltag nach einiger Zeit wieder bei uns ein – bis auf eines: Eva verweigerte sich mir völlig!"

Adam lehnt sich zurück, sieht liebevoll zu Eva, die die ganze Zeit bedrückt zu Boden gesehen hat. „Eva, die Zeiten sind vorbei, wir sind jetzt in unserer dritten Existenz, wenn man so will!"
„Ja," antworte sie, „trotzdem ist mir die Vergangenheit, auch aus der ersten und der zweiten Existenz, noch durchaus bewusst, und ich weiß von dir, dass es dir ebenso geht!"
„Du hast natürlich Recht, aber …!"
Auch die Freunde in der Tischrunde haben den Bericht Adams bedrückt zur Kenntnis genommen. „Aber davon steht nichts in der Bibel," meint Piet, „obwohl es vielleicht auch theologisch von Interesse gewesen wäre! Aber als die biblischen Berichte weitererzählt und später aufgeschrieben wurden, waren die Interessen natürlich völlig anders, und auch das Frauenbild in der Gesellschaft."
„Liebe Freunde, lasst uns noch einen Schluck trinken und eine kleine Pause einlegen, und dann mag Eva vielleicht über die nächste Katastrophe in unserer Familie berichten."

9. Kapitel

Der Brudermord – Kain und Abel

Eva und Adam

Unsere Söhne hatten sich zu ganz tollen jungen Männern entwickelt – Kain war sehr erfolgreich als Ackerbauer, sorgte durch seine Arbeit für unser 'täglich Brot', und Abel hatte die Viehzucht übernommen, weswegen wir stets Wolle für Kleidung, Milch und Fleisch hatten; unser gemeinsames Leben verlief, von meinen seelischen Problemen einmal abgesehen, in sehr guten Bahnen.

Im Sommer dieses Jahres, von dem ich berichten möchte, hatte unser Ältester damit begonnen – und wir als Familie halfen ihm dabei – Ziegel herzustellen, denn er wollte sich ein eigenes Haus bauen. 'Warum willst du denn ein eigenes Haus haben, wir haben doch Platz genug für uns alle?', fragte ich ihn. Er sah mich mit einem langen Blick an: 'Könntest du dir vorstellen, dass ich eine Frau gefunden habe, mit der ich leben will?'

Natürlich konnte ich es mir vorstellen, obwohl mir der Gedanke daran doch sehr fremd war.

Wir alle waren mit Freuden dabei und halfen, Kains Haus zu bauen, sehr großzügig, sogar mit einer separaten Eingangshalle, wirklich, sehr schön – jetzt stand einer Frau für ihn nichts mehr im Wege ...

An einem warmen Sommerabend stand er dann mit seiner Auserwählten vor unserem Haus. 'Du hast dem Vater für diese tolle Frau hoffentlich ein anständiges Geschenk gegeben, mein Sohn?' Mit dieser Frage von Adam war für mich klar: Die junge Frau war von ihm voll akzeptiert!

Sarah war eine dunkelhaarige, sehr schlanke junge Frau, die mir auf Anhieb sympathisch war, ja, ich kann sagen, dass ich sie vom

Eva und Adam

ersten Augenblick in mein Herz geschlossen hatte.

Kain ging mit Eifer seiner Arbeit als Ackerbauer nach, seine Erträge aus dem Land waren reichlich, so reichlich, dass er sehr viel von dem Getreide an die Nachbarn in unserem Dorf gegen Gemüse, Fleisch, Felle und von den Frauen gewebte Stoffe eintauschen konnte – alles lief ganz wunderbar. Die junge Sarah war schon bald von ihm schwanger, ein weiterer Anlass zur Freude in unserer Familie.

Abel verstand sich im Allgemeinen sehr gut mit seinem Bruder und Sarah; oftmals sah man alle drei im Gespräch miteinander – nur manchmal, wenn es um Abels gute Geschäfte mit den Tieren und die Verwertung von Fellen und Fleisch ging, kam doch etwas Neid und Missgunst bei Kain gegenüber seinem Bruder auf ...

Der Sommer neigte sich seinem Ende zu, die Zeit der Ernte war herbeigekommen. Adam half den Jungen, wann immer er gefragt wurde.

Es kam der Tag, an dem unsere geliebten Söhne das Dankopfer für IHN bringen wollten.

Abel schlachtete einen Widder, bereitete das Fett des Tieres für den Opferaltar auf, entzündete das Feuer auf den Steinen. Der Rauch stieg auf, der Geruch des verbrannten Fettes zog über das ganze Land bis hin zu Kain, der gerade die letzten Garben zusammengebunden hatte und sich anschickte, ebenfalls von den Erträgen seiner Arbeit zu opfern. Mit einer großen, prächtigen Garbe vom Emmer machte er sich auf den Weg, immer dem Geruch von Abels Brandopfer nach.

Eva und Adam

Als er dort angekommen war, so sagte er uns später, war Abel schon gegangen, und das Feuer auf dem Altar war fast erloschen. Trotzdem legte er seine Emmer-Garbe auf den Opfertisch, versuchte, die Glut zu neuem Feuer zu entflammen – es gelang ihm nicht! ER nahm das Opfer unseres Kain nicht an. Neues Feuer schlagen gelang ihm nicht, zu allem Elend begann es auch noch, ein wenig zu regnen!

'Herr, warum nimmst du mein Opfer nicht an? Womit habe ich dich erzürnt, dass du meine Arbeit so sehr verschmähst?' Er warf sich auf den Boden, flehte zu IHM – allein, das Feuer brannte nicht erneut!

In der Ferne sah er Abel in Richtung des Dorfes gehen. Hass und Neid auf seinen Bruder ergriffen ihn, und er wollte ihn wegen dessen Opfers zur Rede stellen. Es dauerte nicht lange, bis er ihn erreicht hatte.

'Bruder! Warum hast du nicht mit dem Opferfeuer gewartet, bis ich bei dir war? Der HERR hat meine Opfergabe verworfen, bin ich denn weniger Wert als du? Ist der Ackerbauer weniger Wert als der Viehzüchter? Antworte mir, Bruder, warum hast du nicht auf mich gewartet?'

Kain war wütend und verzweifelt! Wie sollte Segen auf seinem Haus, seiner Frau und dem Ungeborenen liegen, wenn ER sein Opfer nicht annahm?

Abel blieb zunächst ganz besonnen (auch dies wissen wir von Kain) und versuchte, seinem Bruder zu erklären, dass ja Regen in Sicht gewesen wäre und dann niemand an diesem Tage hätte opfern können. Aber Kain steigerte sich immer mehr in seine Wut und Verzweiflung hinein. Sie gingen, noch ziemlich weit vom Dorf ent-

Eva und Adam

fernt, über Abels Land, als Kain im Verlaufe ihrer Diskussion voller Zorn einen großen Stein ergriff und seinen Bruder damit erschlug! Der stürzte zu Boden, das Blut lief aus einer großen Wunde am Hinterkopf auf den Boden, in einem letzten Aufbäumen sah er Kain an, flüsterte mit brechenden Augen 'Kain, mein Bruder' und verstarb.

Wie von Sinnen rannte der davon, stolperte, fiel, raffte sich wieder auf, Tränen schossen ihm aus den Augen, ein wilder Schrei entrang sich seinem Mund - 'Ich habe meinen Bruder getötet!'

Adam, der an diesem Tag ebenfalls opfern wollte, sah Kain von Weitem über das Feld laufen, ohne sich dabei etwas zu denken. 'Was ist denn mit ihm, hat er Schmerzen?' und wollte schon zu ihm laufen, ihm helfen – aber dann fand er seinen toten Sohn Abel am Rand von Kains Acker.

'Abel, was ist, sag, was ist geschehen? Antworte doch, woher kommt denn all das Blut auf der Erde, an deinem Kopf?' Aber Abel konnte nicht mehr reden, er war tot!

Adam schossen die Tränen aus den Augen, ein wildes Aufschluchzen schüttelte seinen Körper. Dann schloss er seinem toten Sohn die Augen, die ihm starr entgegen sahen – er konnte und wollte das Entsetzliche dieses Augenblicks trotzdem nicht begreifen.

Wie innerlich selbst gestorben, hob er ihn auf seine Schultern, das Opferlamm, das er IHM darbringen wollte, rannte davon zu seiner Herde.

'Warum hast DU das zugelassen?' ging seine Klage in den Him-

119

Eva und Adam

mel, 'warum nur, warum?' Immer wieder rief, nein, schrie er seine Klage zu IHM, aber ER antwortete nicht, und so blieb mein Adam mit seiner Klage allein auf dem Acker, der mit dem Blut seines Sohnes getränkt war!"

Erschütterung und Schweigen in der Runde der Zuhörer, und niemand mochte eine Frage stellen, bis Eva von sich aus den Bann brach: „Es ist ja schon ewig her und geschah in einer anderen Existenz von Adam und mir, aber dennoch – wir beide denken noch oft an die Zeit damals zurück!

Adam, übernimmst du jetzt erst einmal? Ich benötige dringend eine Pause und eine kleine Stärkung!"

Piet ist derjenige, der eine erste Frage zu dieser schrecklichen Situation stellt: „Hat ER sich, um bei eurer Wortwahl zu bleiben, also hat ER sich euch gegenüber noch irgendwie erklärt, warum er Kains Opfer nicht angenommen hat? Oder hat ER in dieser schrecklichen Situation sonst irgendetwas gesagt, außer, Kain zu vertreiben? Und: Wie ist es euch damit ergangen?"

„Um dir direkt zu antworten: ER traf Kain noch auf dem Acker, als dieser völlig aufgelöst und verzweifelt umherirrte. Es kam dann zu der Strafe für Kain, seine Vertreibung, und seine Kennzeichnung mit dem heute sogenannten Kainsmal; ich denke, dieser Teil der biblischen Geschichte ist euch geläufig – und nein, zu uns hat ER nichts gesagt, es blieb SEIN Geheimnis, weshalb er Abels Tod zuließ!

Unser geliebter erster Sohn – ein Brudermörder aus Eifersucht und Enttäuschung, aus Frust über Gottes Verhalten ihm gegenüber!

Eva und Adam

Adam trägt seinen toten Sohn nach Haus
Gemälde von Annelie Knacksterdt

Eva und Adam

Für uns war es die absolute Katastrophe: ich kam, statt mit dem geschlachteten Opferlamm auf den Schultern, mit meinem toten Sohn nach Haus, erschlagen vom eigenen Bruder – man kann es gar nicht oft genug sagen!
Eva brach zusammen, als sie begriffen hatte, was ich da anstelle des Opferlamms auf den Schultern trug …

ER hatte Kain erlaubt, noch einmal in das Dorf zurückzukehren, einige wichtige Dinge zu holen, sich von seiner jungen Frau zu verabschieden. Die Szene, in der er sich von Sarah verabschiedete, werde ich nie vergessen – sie, die ja von ihm schwanger war, weinte so herzzerreißend, wollte mit ihm gehen, sich mit ihm in eine unbekannte Zukunft wagen, aber Kain folgte dem Befehl von IHM und ging allein; Sarah brach zusammen, und wir mussten sie in ihr Haus bringen.
Zurückblickend muss ich sagen: Kain hatte etwas so Schreckliches getan, dass er wirklich nicht in der Dorfgemeinschaft hätte bleiben können, nur in einer fremden Umgebung, einer Gemeinschaft, in der er unbekannt war, gab es für ihn eine Zukunft.
Wir konnten uns nicht Kain zuwenden, ihn aus unserem Leben verabschieden – er sollte einfach nur verschwinden, er war nicht mehr unser Kind, und so haben wir an einem schönen sonnigen Nachmittag im Frühherbst beide Söhne verloren, waren wieder allein wie am Beginn unseres Lebens.

Eva war tagelang, ja wochenlang kaum ansprechbar. Wann immer das Gespräch auf unsere Söhne kam, kamen ihr die Tränen. Wenn Sarah zu uns kam, und das war natürlich ziemlich häufig,

Eva und Adam

schluchzte sie laut auf. Wenn eine Frau aus dem Dorf kam, um ihre Hilfe anzubieten, antwortete sie unfreundlich und heulte los – es war ein Albtraum für uns alle!"

Adam legt eine kurze Pause ein.
„Eva, soll ich jetzt mit deiner Flucht aus diesem Elend fortfahren, oder willst du selbst davon berichten?"
Eva, die gedankenverloren, fast regungslos auf ihrem Stuhl sitzt, strafft ihre Haltung: „Nein, das muss ich selbst machen, mein Lieber, das kann nur ich berichten!"

„Wie – was ist denn dann passiert, was heißt denn Flucht? Davon steht aber überhaupt nichts im Buch der Bücher!", fragt Ulrike, die sich ja meist sehr zurückhält, und Anneke meint: „Ich kann mir gut vorstellen, dass du nach dem Stress, erst mit Adam, dann die Vergewaltigung, dann Tod und Vertreibung deiner Söhne erst einmal eine Auszeit gebraucht hast!"

„Nun, liebe Ulrike, liebe Anneke und ihr Anderen, es wurde mehr als eine kurze Auszeit – es wurden insgesamt über zwei Jahre!"
Ein Raunen geht durch den Zuhörerkreis. „Zwei Jahre? Zwei Jahre lang bist du geflüchtet vor all dem Elend?" Tabea kann es nicht fassen!
„Ja, es waren zwei Sommer und drei Winter, in denen ich nicht zu Adam, in die Dorfgemeinschaft zurückkehrte, und ich muss sagen: Für mich waren es, aufs Ganze gesehen, gute Zeiten. Lasst euch davon erzählen!"

Eva und Adam

10. Kapitel

Evas Aufbruch

Eva und Adam

Ich habe in den kommenden Wochen immer wieder hin- und her überlegt, versucht, eine für alle gute Lösung zu finden – vergebens. Dann stand mein Entschluss fest, ich hatte gegeneinander abgewogen: auf der einen Seite die sehr schöne, ja freundschaftliche Dorfgemeinschaft, die sehr mitfühlend mit uns nach diesen harten Schicksalsschlägen umging, unser schönes großes Haus, die schwangere Sarah, und natürlich mein geliebter Adam, auf der anderen Seite mein Schmerz, meine Einsamkeit, meine Demütigung durch Kardim - ich musste hier einfach erst einmal weg.

Inzwischen neigte sich das Jahr, die Ernte war eingebracht, unsere Vorräte für den Winter waren schon fast vollständig aufgefüllt. Ungeachtet der Jahreszeit – ich wollte los. Adam hat immer wieder versucht, mich zu überreden, mindestens bis zum Frühjahr zu bleiben: 'Wohin willst du denn überhaupt, und wie willst du über die Winterzeit denn so ganz allein zurechtkommen? Wovon willst du leben, wie willst du dich gegen wilde Tiere verteidigen? Bitte bleib noch, bitte bleib bei mir!'

Er war völlig verzweifelt, aber ich konnte nicht bleiben, zu viele schlechte Erinnerungen drückten mich immer wieder nieder ...

Es ist mir wirklich nicht leicht gefallen, dieses Dorf, das zu unserer neuen Heimat geworden war, und meinen geliebten Adam zu verlassen, aber ich wollte erst einmal wieder zu mir selbst finden, meine Trauer verarbeiten, mein Selbstwertgefühl neu entwickeln - all diese Begriffe habe ich natürlich erst jetzt, in dieser Existenz, im tausende von Jahren reichenden Rückblick gefunden, so weit ging

Eva und Adam

damals mein Denken noch nicht – alles war mehr emotional, vom Gefühl her gesteuert.

Nach dem nächsten Vollmond habe ich mir mein Bündel geschnürt mit den wichtigsten Dingen, die man als Frau so braucht für das Überleben, und habe mich auf den Weg gemacht, nachdem ich mich von meinem Adam und der jungen Sarah verabschiedet hatte.

Adam war völlig fertig, als ich ging: 'Was soll denn nun aus uns werden? Und was wird aus dir?' 'Ich weiß es nicht, bitte lass mich gehen, hier jedenfalls werde ich sonst vor Trauer sterben!', antwortete ich ihm traurig.

Ihr werdet euch fragen, wie ich es überhaupt hinbekommen habe, diesen so einschneidenden, tiefgehenden Schritt zu gehen, Haus, Hof, Heimat, meine verbliebenen Lieben zu verlassen – rational zu beantworten ist diese Frage nicht, wie schon gesagt, ich war zu der Zeit, wie ich es heute sehe, nicht ganz bei mir in meiner Frustration und meiner Verzweiflung ..."

„Du bist einfach gegangen? Und wohin? Damals war bei euch doch nichts!" Tabea ist völlig konsterniert, „Da brauche ich erst einmal einen Rotwein. Man kann doch nicht einfach so weglaufen und alles hinter sich lassen!" Sie nimmt einen großen Schluck aus ihrem noch halb vollen Glas, das danach praktisch leer ist. „Einfach so abhauen, ohne Rücksicht auf Verluste?"

Tabea kann es nicht fassen, und ihre Worte finden in der Runde der Zuhörer viel Zustimmung.

„Nun, liebe Tabea," schaltet sich Gertrud ein, „ich kann das irgend-

Eva und Adam

wie nachvollziehen. Nach solchen massiven Schicksalsschlägen in so kurzer Zeit kann man wohl auf die Idee kommen, einfach davonzulaufen! Als mein lieber Mann vor einigen Jahren verstarb, war ich genauso im Keller wie Eva damals, ich wäre auch gern davongerannt, aber da waren meine kleinen Kinder, die konnte ich ja nicht allein lassen, und so bin ich geblieben – aber bei Eva war die Situation ja völlig anders, ich kann sie verstehen!"
„Ja, Gertrud, das stimmt. Aber dort und damals, in dieser, verzeiht mir den Ausdruck, doch so primitiven Zeit – da hätte ich auch Angst um mein Leben gehabt, so ganz allein! Eva!", wendet sich Tabea direkt an sie, „War das nicht wirklich außerdem furchtbar gefährlich, wenn ich schon allein an die wilden Tiere denke?"
„Na ja, schon, aber daran habe ich keinen Augenblick gedacht, ich wollte nur weg!"

Adam schaltet sich ein: „Könnt ihr euch vorstellen, wie fertig ich war, als mir meine geliebte Eva ihren Entschluss verkündete, mir sozusagen mitteilte, dass ihr das Leben mit mir nicht mehr möglich war? Ich habe mit Engelszungen auf sie eingeredet, versucht, ihr über die Traurigkeit hinwegzuhelfen. Ich habe ihr alle Liebe gegeben, zu der ich in dieser für mich ja auch sehr traurigen Zeit in der Lage war – alles vergeblich! Die junge Sarah, von Kain schwanger, wollte ebenfalls weg, zurück zu ihrer Familie, und dort ihr Kind zur Welt bringen – von uns wollte sie nichts mehr wissen!"

Eva ist wieder zurück am Tisch, nachdem sie sich für einige Minuten in ihre Küche zurückgezogen hatte.
„Liebe Freunde, lasst euch nun aus der folgenden Zeit berichten,

Eva und Adam

in denen ich zunächst einmal völlig auf mich allein gestellt war.

Ich habe ja schon gesagt, dass ich mich an einem Morgen auf den Weg gemacht habe. Adam und Sarah standen in der Tür unseres Hauses, wie er mir später erzählte, und sahen mir nach.
Ich ging, ohne mich noch einmal umzusehen, und ich muss gestehen: Die Tränen liefen mir über das Gesicht! Mit schnellen Schritten verließ ich den Bereich unseres Dorfes, bis es meinem Gefühl nach nicht mehr zu sehen war, dann blieb ich kurz stehen.
Alles und Jeden hinter sich zu lassen, liebe Freunde, ist in der Tat nicht leicht, im Gegenteil. Aber wenn man es nicht tut, kann man nicht ganz neu beginnen, und das wollte ich ja eigentlich – also habe ich zu mir gesagt: 'Eva, du wirst nicht aufgeben, niemals. Du bist diesen Schritt gegangen, so mach auch die folgenden. Eva, du bist stark. Eva, du bist mutig. Eva, du wirst es schaffen, und irgendwann einmal wirst du dein Ziel erreicht haben, deinen Frieden mit dir und der Welt zu machen, und auch mit IHM!'

Nach kurzer Zeit war ich wieder unterwegs und fand mich bald an der Stelle wieder, an der Adam und ich nach der Vertreibung aus SEINEM Garten gelandet waren, an der wir unsere erste primitive Hütte in dieser Welt gebaut hatten, bevor uns unsere neuen Freunde aus dem Dorf fanden.

Von der Hütte war natürlich nichts mehr zu sehen, lediglich die Stangen, die Adam damals aus dem Wäldchen geholt hatte, lagen mehr oder weniger verrottet herum, und aus dem Wäldchen war inzwischen ein richtiger Wald mit hohen Bäumen geworden. Die

Eva und Adam

Feuerstelle war noch etwas zu erkennen, und einige Tonscherben erinnerten an Adams Bemühungen, uns Kochgerätschaften herzustellen, was ihm ja mehr oder weniger auch gelungen war.
'Ach, Adam!' Eine gewisse Wehmut ergriff mich an diesem Platz.
Einige wenige Pflanzen von der Art, wie wir sie auf dem Floß hatten mitnehmen können, waren wild gewuchert – zu meinem Vorteil, denn sie sorgten an diesem Abend für mein Essen.
Ich schlug Feuer – das hatte ich von Kain gelernt, und bereitete mir mit Hilfe von Adams 'Geschirr' ein sehr einfaches Abendessen, trank Wasser aus dem Fluss, dessen Wasser unverändert vorbeiströmte, und versuchte, mich nach langen Jahren gemeinschaftlichen Lebens allein zum Schlafen zu legen.
Trauer ergriff mich, wenn ich an Kains Mord an Abel dachte, und auch, wenn ich an seine Vertreibung dachte; seinen Seelenzustand vermochte ich mir kaum auszumalen – die Vertreibung war das eine, der Brudermord aus Zorn auf IHN das andere ...
Ich habe sehr lange wach gelegen, bis ich schließlich in einen unruhigen Schlaf fiel, aus dem mich die Nachtkälte und ein erster Sonnenstrahl weckten.
Das Feuer war natürlich heruntergebrannt. Von meinen mitgebrachten Vorräten nahm ich mir ein Stück von dem trockenen Fladenbrot und aß es, dann legte ich alles, was ich am Abend zuvor ausgepackt hatte, wieder in meinen ledernen Beutel und plante den neuen Tag, den zweiten meiner selbst gewählten Einsamkeit.
Mein Ziel war es, durch den Fluss, gegen die Strömung, wieder an die Stelle zu kommen, an der Adam und ich damals auf das Floß gestiegen waren.
Mein Bündel trug ich auf dem Kopf, als ich in das Wasser stieg,

Eva und Adam

das übrigens sehr viel wärmer war, als ich es in Erinnerung hatte. Mit den Armen rudernd und bedächtigen Schrittes kämpfte ich mich langsam, aber stetig immer weiter auf die grüne Wand aus Bäumen, Büschen, Schlingpflanzen zu, die damals die Grenze zu SEINEM Garten bildete, und ich kam dort tatsächlich an!

Zu meinem Erstaunen war diese grüne Wand gar nicht so undurchdringlich, wie sie zunächst schien, und ich hatte kaum Schwierigkeiten, sie aufrecht, immer noch mein Bündel auf dem Kopf tragend, zu überwinden! Die Sonne, die ich während des Durchdringens der grünen Wand nicht hatte sehen können, stand ziemlich hoch über mir, als ich auf der anderen Seite ans Ufer ging, um mich von den Anstrengungen erst einmal zu erholen und bei dieser Gelegenheit auch gleich meine Kleider zu trocknen – es war zwar kalt, aber die Sonnenstrahlen wärmten doch sehr angenehm.
Ich dachte, während ich – nackt wie vor der Vertreibung durch IHN – im Gras lag, natürlich an unser Leben hier im Garten, obwohl ich mir schon im Dorf vorgenommen hatte, keine Gedanken an diese Zeit zuzulassen, aber das ist ja wohl nicht möglich!"

Eva lehnt sich auf dem 'Erzähl-Stuhl' zurück, fragt in die Runde: „Hat außer mir noch jemand Hunger? Ich möchte jetzt wohl eine Kleinigkeit essen, und dafür muss ich auch nicht erst Feuer schlagen, wir haben einen Gasherd in der Küche!" Die leichte Ironie in der Stimme irritiert einige, trotzdem stimmen die Männer sofort zu, die Frauen zieren sich noch ein wenig.
„Ihr könnt ruhig 'ja' sagen, es steht schon alles fertig in der Küche!" Jetzt sind die Frauen natürlich einverstanden; Tabea, die sich in

Eva und Adam

dieser Rolle wohlfühlt, ist schon in der Küche verschwunden, stellt Teller auf den Tisch, fragt zunächst nach den Getränkewünschen. Dann holt sie die vorbereiten Kanapés aus der Küche: „Guten Appetit!"

Betty, die Künstlerin im Zuhörerkreis, zückt einen Zeichenblock und skizziert darauf etwas. „Was zeichnest du denn da?", fragt Tabea und schaut neugierig auf Bettys Block, die ihn jedoch schnell zur Seite dreht. „Ist noch geheim, vielleicht wird es ja auch nichts!" „Bitte – ich bin doch so neugierig!" „Vielleicht später!" vertröstet Betty ihre neugierige Nachbarin.

Nach ein wenig Geplauder möchte Eva gern weitererzählen, und alle beenden ihre Gespräche.
„Wo war ich noch gleich stehengeblieben? Ach ja, nicht stehen, sondern liegen geblieben, sozusagen!
Die Sonne brannte trotz der herbstlichen Zeit fast auf mich herunter, es dauerte nicht lange, da war ich eingeschlafen. Im Traum war ich wieder mit Adam in SEINEM Garten, den ER ja leider zerstört hatte, nachdem ich meine Missetat mit dem Apfel begangen hatte. ER muss ganz schrecklich wütend gewesen sein ...
In meinem Traum waren Adam und ich wieder an dem kleinen Flüsschen, gingen wieder den Hügel hinauf bis zu dem Baum mit den verbotenen Früchten, und wieder nahm ich davon, obwohl es mir verboten war, und wieder strafte ER uns mit der Vertreibung aus dem Garten.
Schweißgebadet erwachte ich erst, als die Sonne sich schon dem Abend zuneigte. Diese Nacht würde ich also hier verbringen müs-

Eva und Adam

sen, jetzt in die Dämmerung weiterzugehen, war mir doch viel zu gefährlich, denn die friedvollen Tiere von damals hatten sich doch in ihrem Verhalten sehr verändert, wie ich ja auch an Wolf beobachten konnte.

Ich zog meine inzwischen sehr gut getrockneten Sachen wieder an und suchte nach einem Schlafplatz. Um nicht auf dem Boden schlafen zu müssen, entschied ich mich für einen Baum, auf dem ich in einer Astgabel schlafen wollte. Den Baum zu finden, war ganz leicht, hinaufzukommen weniger!

Ich befestigte eine Liane an meinem Bündel und warf sie über einen Ast, und dann kletterte ich am Stamm hinauf bis zu der großen Astgabel; mein Bündel zog ich nach oben, und das war auch gut so, wie ich später feststellen musste! Ich war nämlich kaum oben im Baum angekommen, als sich ein ganzes Löwenrudel der Stelle näherte, an der ich eben gesessen hatte. Eine große, starke Löwin nahm Witterung auf, ihre ebenfalls schon sehr kräftigen Jungen liefen aufgeregt hin und her.

Die Löwin näherte sich dem Baum, auf dem ich saß und mich nicht zu bewegen wagte. 'Hoffentlich zieht das Rudel bald wieder ab, sonst wird es für mich sehr ungemütlich hier oben' waren meine Gedanken. Aber das Rudel dachte überhaupt nicht daran, sich einen anderen Schlafplatz zu suchen.

Ich kann euch sagen, es wurde eine sehr anstrengende Nacht für mich! Während die Tiere, es mochten wohl, soweit ich erinnere, ungefähr dreißig gewesen sein, friedlich und ruhig die Nacht verbrachten, saß ich oben in meinem Baum. Alle Muskeln waren völlig verspannt, andauernd hatte ich Angst vor einem Muskelkrampf und

Eva und Adam

davor, mein Bündel loszulassen – es gab nur wenige kurze Momente, in denen ich anscheinend schlief!

Ich war so froh, als die Sonne aufging und sich das Löwenrudel davon machte!

Dieses Erlebnis führte dazu, dass ich meinen Plan änderte – wollte ich gestern noch wieder zurück in den ehemaligen Garten, beschloss ich, wieder flussabwärts zu wandern - in der Richtung hatte ich gestern Rauch gesehen, das hieß, das dort Menschen sein müssten. Eine Hürde dabei war allerdings, dass der Wald, zu dem die grüne Wand gehörte, anscheinend ziemlich groß und am Fluss wirklich undurchdringlich war, ich musste ihn also umgehen, wenn ich zu den Menschen wollte.

Ziemlich steif in den Gelenken von der ungemütlichen Nacht und auch recht müde, machte ich mich nach einer kleinen Mahlzeit aus meinen mitgebrachten Vorräten und einem großen Schluck Wasser aus dem kristallklaren Fluss auf den Weg. Die Sonne stieg immer höher, und ihre Strahlen wärmten mich, sodass die Kälte der Nacht bald vergessen war.

Ich kam zügig voran, war aber immer darauf bedacht, zum Einen nicht zu weit in die Savanne, wie ich heute weiß, hinauszugehen, zum Anderen aber auch eine gewisse Nähe zum Wald zu halten, um mich in die Bäume flüchten zu können, falls wieder Löwen oder ähnliche wilde Tiere kämen. Gegen Mittag erreichte ich einen Punkt, von dem aus ich in den Wald, der zuvor undurchdringlich erschien, hineinsehen konnte. Welch ein schönes Bild bot sich mir: Auf einer Lichtung tummelte sich eine Affenfamilie der gleichen Art, wie unsere kleine Schimpansin gewesen war.

Eva und Adam

Sofort waren natürlich die Erinnerungen an damals wieder da, ich konnte mich einfach nicht dagegen wehren – und wenn jetzt noch der alte große Löwenmann wieder aufgetaucht wäre, hätte ich geheult ...

Am Rande des Waldes suchte ich mir einen Platz im weichen Gras, um nicht über Mittag wandern zu müssen. Meinen soliden Stock, den ich seit meinem Weggang immer bei mir hatte, legte ich direkt neben mich.

War es Tatsache, war es Traum, war es eine Luftspiegelung – mir schien, als ob tatsächlich mein alter Löwenfreund in meine Richtung gelaufen, nein, langsam getrollt kam und mich dann ansprach: 'Gehe nicht auf die Lichtung zu den Affen, sie lieben dich nicht mehr, und auch meine Löwenfamilie ist dir nicht wohlgesonnen. Ich werde dich jetzt ein Stück begleiten auf deinem Weg, steh auf!'

Noch ziemlich in meinem Dämmerschlaf stand ich auf und ging zu dem von mir damals so geliebten Löwenmann, und zu zweit legten wir ein ganzes Stück des Weges am Waldrand entlang zurück.

Ich war, vielleicht von der Mittagssonne, vielleicht von meinem Halbtraum, wie in Trance, kann ich euch sagen, liebe Freunde, und wusste nicht zwischen Traum und Realität zu unterscheiden.

Nach einer ganzen Weile sagte der Löwenmann mit seiner tiefen, knarrenden Stimme: 'Geh nun allein weiter, hier droht dir keine Gefahr mehr. Ich werde jetzt zum Rudel zurückgehen, falls es meine Kräfte noch erlauben." Dann verließ er mich und trottete davon, ich hätte ihn so gern zurückgehalten ...

Eva und Adam

Die Sonne warf schon längst lange Schatten, als meine Sinne wieder klar und nüchtern waren. 'Was war das mit mir und dem Löwenmann?' Ich schüttelte den Kopf über mich und das Geschehene – so etwas war mir noch nie passiert, solch ein Tagtraum! Andererseits war ich auf meinem Weg um den Wald herum ein ganzes Stück vorangekommen! Seltsam!

Langsam sank die Sonne der Erde entgegen, es wurde wieder Zeit, dass ich mir einen Schlafplatz suchte, und es sollte wieder ein Baum sein, aber diesmal, denn es waren weder Löwen noch andere große Tiere in Sicht, sollte der Platz besser ausgesucht und bequemer sein.

Aus meiner Lederflasche nahm ich einen Schluck Wasser – es schmeckte abgestanden und scheußlich, aber der Mensch muss ja nun einmal essen und trinken, und zum Essen hatte ich noch gedörrtes Fleisch und Fladenbrot dabei – aber beim Betrachten meiner Vorräte wurde mir durchaus bewusst, das sie nicht mehr weit reichen würden – morgen musste ich für Nachschub sorgen; vielleicht kam ich dann ja schon zu den Menschen, deren Rauch ihres Feuers auch jetzt noch zu sehen war.

'Wo heute schlafen?', fragte ich mich – so auf dem freien Land war es mir doch zu gefährlich, vor allem auch, weil ER damals zu Schlange gesagt hatte, dass sie meine Feindin sei, und ich wusste, dass ihr Biss für mich tödlich wäre!

Also wieder ein Baum, nicht zu schwer zu erklimmen, mit sicheren Zweigen, und unbewohnt von Affen und Vögeln. Ich musste lange suchen, aber schließlich fand einen alten, knorrigen Baum, in dessen unmittelbarer Nachbarschaft zwar ein Termitenbau war, aber weiter oben konnte ich mein Lager aufschlagen.

Eva und Adam

Es wurde auch höchste Zeit dafür, denn ganz schnell fiel die Dunkelheit, wie hier üblich, über das Land.
Beim letzten Tageslicht, die Sonne war längst hinter dem Horizont verschwunden, richtete ich mich dort oben so gut als irgend möglich ein, immer darauf bedacht, weder das Gleichgewicht noch mein Bündel zu verlieren.

In dieser Nacht schlief ich tief und traumlos, bis mich ein Kribbeln am ganzen Körper hochschreckte: Die Termiten hatten mich gefunden und versuchten, meinen Körper zu erobern. Blitzschnell verließ ich mein Lager oben im Baum und schüttelte am Boden die Krabbeltiere aus meinen Kleidern, entfernte sie von meinem Körper, kehrte in meinem Bündel das Unterste nach oben und wieder zurück, bis ich die Krabbeltiere alle wieder los war. Mit allem hatte ich gerechnet, aber nicht mit diesen kleinen Plagegeistern, die meine Haut überall zerbissen hatten.
Ich musste notwendig in einen Bach oder Fluss eintauchen, der Juckreiz war wirklich sehr unangenehm! Weiter ging ich in Richtung der Rauchfahne in der Hoffnung, dass dort, wo Menschen leben, auch Wasser sei, aber die Entfernung war zu groß, als dass ich sie vor dem Sonnen-Höchststand noch erreichen könnte – also legte ich eine Rast im Schatten eines Tamarisken-Baumes ein, aß ein Stück von dem trockenen Fladenbrot und einen Apfel, der auch nicht mehr besonders gut war und schon faulige Stellen zeigte. Als ich einen Schluck Wasser nehmen wollte, stellte ich fest, dass es der letzte Schluck in meiner Lederflasche war!
'Eva, du bekommst Schwierigkeiten, wenn du nicht bald Wasser und Essen findest!', sagte ich zu mir, und als ich meine Worte hör-

Eva und Adam

te, fiel mir auf, dass ich immer wieder mit mir selbst sprach. 'Eva, tue dies! Eva, gehe dort nicht hinauf! Eva, mach eine Pause!' und ähnliches Gebrabbel – so scheint es zu sein, wenn man allein in der Wüste unterwegs ist und kein Gegenüber hat… Wenn ich nur gewusst hätte, ob meine Begegnung mir dem Löwenmann real oder in Trance war – eigentlich konnte er nicht mehr leben, denn ich war ja auch schon über vierzig Sommer alt!
Egal, ich musste weiter. Hunger und Durst quälten mich jetzt; manchmal sah ich die Rauchsäule, manchmal nicht …
Ich kam an einem Busch vorbei, der leuchtend rote Früchte trug. 'Nimm nicht davon', sagte ER plötzlich zu mir, 'tu es nicht!'
Aber: Eva konnte wieder einmal nicht hören und aß von den herrlich schmeckenden, saftigen Früchten, und es dauerte nicht lange, und die Welt um mich herum verschwamm, ich hörte die Vögel nicht mehr, die bisher so schön gesungen hatten, fiel in einen tiefen Schlaf."

Eva reibt sich über die Augen, muss sich erst einmal wieder in die Jetztzeit zurückholen.
„Entschuldigt bitte, ich bin im Augenblick etwas verwirrt, gleich geht es weiter, nur eine kleine Pause!" Ein Schluck frisches Wasser, das Tabea sofort geholt hatte, erfrischt Eva ein wenig.

11. Kapitel

Eine fremde Welt

Eva und Adam

Wenn ich mich nur an die nächsten Stunden nach meinem Zusammenbruch erinnern könnte – aber da ist eine riesengroße Lücke in meinen Erinnerungen, alles ist ein großes schwarzes Loch, bis heute. Sie setzte erst wieder ein, als ich mich in einer Hütte auf einem Lager befand und mehrere Frauen um mich herumstanden. Ich war völlig nackt und fror entsetzlich, obwohl es doch schon Frühjahr war und hell; die Sonne schien in die Hütte, wie ich aus den Augenwinkeln sehen konnte. Die Frauen palaverten mit für mich nicht verständlichen Worten, waren sehr aufgeregt, beugten sich immer wieder über mich, wohl um zu sehen, ob ich wieder wach war. Eine der Frauen rieb meinen ganzen Körper mit einer fettigen, öligen Flüssigkeit ein, anscheinend wegen der Termitenbisse, wie mir später klar wurde – es war sehr angenehm, der Juckreiz war sofort verschwunden.

Irgendwann kehrten meine Sinne zurück, aber nicht die Erinnerung an die letzten Ereignisse. Eine der Frauen deckte mich mit einer Decke zu, dann ließen sie mich allein, aber es dauerte nicht lange, bis eine von ihnen zurückkehrte und dann versuchte, mir etwas zum Trinken einzuflößen. Das Getränk schmeckte ziemlich bitter, und ich versuchte, mich dagegen zu sträuben, aber die Frau hielt mich fest; ich hatte keine Chance.

Nach ganz kurzer Zeit fiel ich wieder in einen tiefen Schlaf, aus dem ich erst am nächsten Morgen erwachte. Ich versuchte, von meinem Lager zu steigen, wollte mich wieder ankleiden, aber das war mir nicht möglich, noch immer erfasste mich ein starker

Eva und Adam

Schwindel.

Meine Versuche, aufzustehen, waren von einer Frau, die anscheinend die ganze Nacht über in der Hütte über meinen Schlaf gewacht hatte, beobachtet worden. Sie kam zu mir, strich mir über den Kopf und murmelte für mich unverständliche Worte. Dann ging sie kurz hinaus, kam aber schon nach wenigen Augenblicken mit einer zweiten Frau zurück. Beide traten an mein Lager, nahmen die Decke von meinem Körper, begutachteten die Termitenbisse. Erneut wurde ich von der zweiten Frau am ganzen Körper mit dem öligen Zeug eingerieben; diesmal war es mir auch bewusst sehr angenehm, dann deckten sie mich wieder zu.

Erstaunlicherweise fror ich nicht mehr so entsetzlich wie vor dieser Nacht, und ich war in der Lage, meine Umgebung und die beiden Frauen näher zu betrachten. Zunächst aber wollte ich mich bedanken und sagte es ihnen, erntete aber nur Unverständnis – wir verstanden einander nicht!

Wieder brachte mir die erste Frau einen Becher mit einem teeähnlichen Getränk, das aber sehr gut roch und auch schmeckte. Nach einiger Zeit brachte man mir einen Brei, anscheinend aus einem zermahlenen Getreide, der einen mir unbekannten, aber sehr angenehmen süßen Geschmack hatte. Ich war noch immer zu schwach, um mich aufzusetzen. Eine der Frauen stützte mich, die zweite fütterte mich mit Hilfe eine flachen Holzstabes - das ging ganz gut.

Danach war ich schon wieder völlig erschöpft und musste mich wieder ausruhen…

Das ganze Spiel wiederholte sich ungefähr 10 Tage lang, aber dann war ich wieder die Alte.

Eva und Adam

In diesem Dorf schienen nur Frauen zu leben, jedenfalls habe ich in den ersten Wochen, die ich mich dort aufhielt, nie einen Mann gesehen!

Die Verständigung mit meinen Retterinnen, so musste ich es ja verstehen, erfolgte fast ausschließlich mit Zeichensprache – erst ganz langsam verstanden wir gegenseitig die Worte und deren Bedeutung, was für mich natürlich sehr wichtig war, schließlich musste ich doch wissen, wo und bei wem und warum ich dort war!

Es war tatsächlich ein reines 'Frauendorf', stellte ich fest – die zugehörigen Männer lebten in einer eigenen Siedlung, ungefähr einen halben Tagesmarsch von hier entfernt, eine für mich sehr befremdliche Angelegenheit, denn auch die Jungen waren bei den Männern - Mädchen und Kleinkinder lebten jedoch hier im 'Frauendorf'; aber die Menschen kamen mit dieser Regelung sehr gut zurecht.

Hin und wieder verschwand nachmittags eine Frau aus dem Dorf und ging hinüber zu den Männern, kam am nächsten Tag zurück – Streit über Alltägliches konnte so gar nicht aufkommen, irgendwie eine erstaunliche Sache ...

Wenn wirklich einmal ein Mann ins Dorf kam, dann, um ein erlegtes oder geschlachtetes Tier zu bringen, aber er war auch immer sehr schnell wieder verschwunden!

Eva wird von Betty, die immer noch ihren Zeichenblock in der Hand hält, unterbrochen: „Das ist ja wirklich eine uns sehr fremde Form des Zusammenlebens, kein Wunder, dass du erstaunt warst. Aber sie hat natürlich, gerade aus emanzipatorischer Sicht, ganz tolle

Eva und Adam

Vorteile! Auf diese Weise ist so etwas wie 'häusliche Gewalt' oder auch Missbrauch ausgeschlossen, und die Frauen haben die volle Kontrolle über ihren Körper! Ich bin begeistert! „Piet", wendet sie sich an den Theologen, „was sagst du dazu?"

Piet fühlt sich von dieser Aufforderung einigermaßen überrascht: „Weißt du, deine Frage irritiert mich in diesem Zusammenhang ziemlich, ich bin nämlich kein Verfechter einer eindeutigen Dominanz eines Geschlechtes über das andere. Diese Art des Zusammenlebens ist aber vor dem Hintergrund der Schöpfungsgeschichte nicht der richtige Weg. Du hast Recht, wenn du sagst, Gewalt gegen Frauen wird so ausgeschlossen, aber von einer liebevollen, vertrauten Lebensgemeinschaft, Familie usw. kann natürlich auch keine Rede sein! Ich meine, dass unsere Welt in dieser Beziehung durchaus verbesserungswürdig ist, aber eine so rigorose Trennung der Geschlechter – ich weiß nicht - die Liebe bleibt dabei auf der Strecke, denke ich!"
Eva berichtet weiter von ihrer Zeit im Frauendorf:
„Im Verlaufe der kommenden Wochen wurde ich wieder richtig gesund, anscheinend hatte ich mich an den Beeren, wie mir im Nachhinein bewusst wurde, vergiftet. Die Männer dieser eigenartigen Lebensgemeinschaft hatten mich gefunden, in das Frauendorf gebracht und mir so das Leben gerettet.

Es war nur ganz natürlich, dass ich mich im Verlaufe der Zeit mit einigen der Frauen anfreundete. In diesem Dorf habe ich ein wunderbares Gefühl von Freiheit empfunden, vielleicht, weil wir Frauen so ungezwungen, so offen und auch tabulos miteinander umge-

Eva und Adam

gangen sind; auch mit ihrer Sprache kam ich sehr schnell zurecht, denn genau betrachtet war sie unserer doch sehr ähnlich, nur viel, wie soll ich sagen – viel gutturaler, wie heute auch noch manche afrikanischen Sprachen.

Ich versuchte, und ich kann sagen, es gelang mir auch sehr schnell, mich dem Lebensstil und -rhythmus der Frauen anzupassen, und schon nach wenigen Wochen war ich eine der Ihren. Feldarbeit, 'Haushalt', soweit man davon schon sprechen konnte, Kinder beaufsichtigen – und am Abend großes, fröhliches Beisammensein. Es gefiel mir hier im Dorf der Frauen, allerdings habe ich, nur zu eurer Information, nie die Siedlung der Männer besucht!

Eines Tages jedoch ereignete sich etwas, das mich zweifeln ließ: eine der jüngeren Frauen, Alischa, gut aussehend und mit einer wirklich tollen Figur, kam zur Mittagszeit in meine Hütte, als ich von der Arbeit in der sengenden Sonne etwas ausruhen wollte und auf meinem Lager lag. Sie setzte sich zu mir, und wir sprachen ganz allgemein über das Leben, die Liebe und die Männer. 'Ich halte ja nicht viel von den Männern im Allgemeinen und im Besonderen, sie können so furchtbar grob sein – wie war denn dein Mann, dein Adam?' Ich konnte ihrer Ansicht nicht zustimmen, denn Adam war immer, in allen Situationen, rücksichtsvoll und liebevoll zu mir gewesen. 'Wenn er so lieb war, warum hast du ihn denn dann verlassen, hast du doch, oder?'

Ich erzählte ihr unsere Geschichte aus meinem Heimatdorf; und Alischa hörte interessiert zu: „Ein Grund mehr, sich nichts mehr aus Männern zu machen, die wollen immer nur Söhne zeugen, und wir Frauen sitzen dann damit!'

Eva und Adam

Ein längeres Schweigen folgte, und ich sah, wie ihre Gedanken arbeiteten. Dann legte sie ihre Hand auf meinen Oberarm, sah mich nachdenklich an.
Plötzlich entblößte sie ihren Oberkörper, umarmte mich, berührte mich zärtlich und wollte mit mir schmusen: 'Stell dich nicht so an, das machen hier alle so, nur du zierst dich und läufst immer bekleidet herum! Findest du mich nicht schön? Zieh dich doch auch aus!' forderte sie mich auf, 'streichele mich doch ein wenig, ich mag dich nämlich sehr!'
Alles in mir sperrte sich gegen diese Art der Liebe! Wie vom Donner gerührt sprang ich auf! Das wollte ich nun wirklich nicht, Liebe mit einer Frau machen! Grob wies ich sie aus meinem Zelt: 'Geh! Geh sofort, ich will das nicht, und versuch es nicht noch einmal!' Noch auf meinem Lager liegend, tat mir mein grobes Verhalten schon nach kurzer Zeit leid – Alischa war mir liebevoll entgegengekommen, und ich hatte sie so grob zurückgewiesen, aber ...
Nach diesem Ereignis, von dem sie anscheinend im Dorf erzählt hatte – die Eva ist keine von uns! -, fühlte ich mich nicht mehr wohl im Dorf der Frauen; ich hatte ständig das Gefühl, als Fremdling betrachtet zu werden!

Nach nur wenigen Tagen stand mein Entschluss fest: Ich musste weiterziehen, hier wollte ich nicht mehr bleiben! Ich schnürte wieder einmal mein Bündel, versorgte mich mit Wasser in meiner Lederflasche, verpackte einiges an Vorräten und Brot. Am frühen Morgen, die Sonne kam gerade hinter den Hügeln im Osten hervor, machte ich mich auf den Weg, dem Sonnenaufgang entgegen – das Dorf schlief noch und bekam von meinem Weggang nichts

Eva und Adam

mit.

Die Luft an diesem Morgen war herrlich frisch. Tau lag auf den Feldern, einige, wenn auch wenige Vögel flogen umher, ein Wüstenhund, den es damals auch schon gab, überquerte meinen Weg in eine neue, unbekannte Zukunft – ich war regelrecht euphorisch, so richtig in Aufbruchstimmung!

Bis zum Mittag kam ich in der Savannenlandschaft gut voran, bis ich von Ferne Tiere brüllen hörte. Es war ein Tiergebrüll, das ich bisher noch nicht kannte, ganz tief, wie aus einer Höhle kommend, und sich dann zu enormer Lautstärke steigernd. Ich packte den Stock, den ich für den Fall der Fälle mitgenommen hatte, ganz fest, ging aber zügig weiter, fast in Richtung des Tiergebrülls - verstecken konnte ich mich hier sowieso nicht!"

Eva legt eine Pause ein: „Puh, jetzt müsst ihr mir eine kleine Pause gönnen, vielleicht kann Adam sein Erleben während dieser Zeit erzählen!" Sie verschwindet sie hinter der mit „Privat" gekennzeichneten Tür.

Zunächst aber versorgt Tabea ihre Freunde mit frischen Getränken und Snacks, die schon in der Küche bereitstehen; Betty, die Künstlerin, unterstützt sie dabei.
„Was haltet ihr denn von Alischas Annäherungen an Eva?" fragte Betty plötzlich in die Runde, „War das wirklich so schlimm, dass Eva davor flüchten musste? Ich selbst liebe auch eine Frau, und es ist wunderschön!"

Eva und Adam

„Nun," Anneke antwortet ihr auf diese Frage, „liebe Betty, das muss jede Frau schließlich selbst für sich entscheiden. Ich kenne, und da ist Holland ja besonders tolerant, viele lesbische Paare, ganz tolle Frauen sind dabei, aber mir ist doch mein Paul lieber!" und umarmt ihren Mann herzlich.

Die meisten Freunde am Tisch stimmen Anneke zu. „Was sagt denn eure Kirche zu dem Thema?" stellt Betty die Frage direkt an Piet, der das anscheinend schon erwartet hatte. „Ach, wisst ihr," entgegnet der in seiner ruhigen, besonnenen Art, „die Kirche ist längst nicht so rückständig, wie viele Menschen denken! Überlegt mal: Selbst die Segnung gleichgeschlechtlicher Paare ist in den meisten Kirchengemeinden weder in Holland noch hier in Deutschland ein Diskussionspunkt!"

„Na ja," meint Gertrud, „aber im Schöpfungsplan war das sicherlich so nicht vorgesehen!"

„Aber vorgesehen war, und das gilt auch heute noch, meine ich, dass Menschen, die einander lieben, dafür keinerlei Nachteile haben sollten!", erwidert Piet energisch, „Und Liebe zwischen den Menschen ist doch eines der höchsten Gebote, so sagen sowohl das Alte und ganz besonders auch das Neue Testament!" Ganz energisch ist Piet bei seinen Worten geworden, „Aber vielleicht sollten wir das hier und heute nicht weiter diskutieren, schließlich will uns Adam aus seiner Zeit ohne Eva berichten!" - und damit ist die Diskussion zunächst einmal beendet, nachdem von Betty noch ein leises „Danke!" kommt.

12. Kapitel

Adams zweites Alleinsein

Eva und Adam

Adam hat Evas Erzählen voller Aufmerksamkeit verfolgt, so, als kenne er manche Details überhaupt noch nicht. Ganz nachdenklich ist er, als sein Bericht über seine 'Single-'Zeit im Dorf folgt.

„Ja, liebe Freunde, das war in der Tat eine sehr schwierige Zeit ohne Eva!", beginnt er die Darstellung, „Eine sehr schwierige Zeit! Plötzlich, sozusagen über Nacht, war Eva weg! Nicht, dass sie mir nicht von ihren diesbezüglichen Gedanken erzählt hätte. Nicht, dass ich kein Verständnis für ihre Situation gehabt hätte. Aber ich hatte nicht erwartet, dass sie diesen Schritt wirklich gehen würde, nicht jetzt, da Kains Frau das Kind erwartete, und auch nicht später!

Alles hätte ich getan, um sie von ihrem Entschluss abzubringen, und in unseren langen Gesprächen vor ihrem Weggang habe ich auch versucht, ihr das deutlich zu machen, aber meine Lage, die von Sarah und dem Ungeborenen wog nicht so schwer wie ihre Verzweiflung und ihr Drang nach Einsamkeit und Frieden. Wie sie mir sagte, könne sie nicht einmal mehr unsere Felder betreten, ohne an ihre Söhne zu denken, könne kaum noch in unserem Haus sein, in dem wir einmal alle so glücklich waren!

Manchmal schwangen auch leise Vorwürfe gegen mich und auch gegen IHN in ihren Worten mit – hättest du, hätte ER das nicht verhindern können, hattest du wirklich beide Söhne gleich lieb, hast sie gleich wertgeschätzt? Diese Frage tauchte, meist unterschwellig, in fast allen unserer Gespräche auf, und ich konnte wirklich

Eva und Adam

nichts dagegen einwenden, im Gegenteil, mit jedem Gespräch, bei dem ein derartiger Vorwurf kam, wuchsen bei mir auch die Selbstvorwürfe!

Schließlich waren wir beide so weit, dass wir uns nichts mehr zu sagen hatten und das auch aussprachen.

Am nächsten Morgen packte Eva ihr Bündel und ging, ohne einen Blick zurück zu Sarah und mir! Wir sahen ihr noch aus der Tür hinterher, aber sie ging einfach, in eine neue, unbekannte, vielleicht auch lebensgefährliche Zukunft, an der wir keinen Anteil haben sollten und würden.

Heulend warf sich Sarah an meine Brust, und auch mir, der ich doch eigentlich ein härterer Typ war, rannen die Tränen aus den Augen.

Ich war versucht, Eva hinterher zu rennen, sie zurückzuholen, wusste aber zugleich, dass das völlig zwecklos war!

Sarah, nach heutigen Begriffen meine Schwiegertochter und etwa im achten Monat schwanger, und ich mussten uns mit der Situation abfinden.

Beide lebten wir in unseren eigenen Häusern, denn Kain hatte mit seinen eigenen Händen – und meiner aktiven Mithilfe - für seine werdende Familie ein sehr schönes Heim gebaut, das jetzt auf das Kind wartete.

Ganz im Anfang nach Evas Weggang stand ich an jedem Abend am Rand des Dorfes und hielt nach ihr Ausschau, hoffte, flehte zu IHM, sie möge heute, jetzt am Horizont auftauchen, zu uns zurückzukommen – vergebens!

Eva und Adam

Ich musste natürlich, wie auch in der Vergangenheit, meinem Tagwerk nachgehen - die Tiere versorgen, die Felder bestellen und abernten, Schafe scheren und die Wolle aufbereiten, Ziegen und Schafe schlachten und das Fleisch verarbeiten, aus frischem Fleisch, in Streifen geschnitten, Dörrfleisch für den Winter herstellen; Arbeit eigentlich für mindestens Drei! Den Gemüsegarten hatte Sarah übernommen, soweit sie es in ihrem Zustand noch konnte.

Die viele Arbeit hatte nur ein Gutes: Meine Gedanken konnten nicht unablässig um meine Lage kreisen, um meine Einsamkeit, um den Verlust meiner ganzen Familie, von Sarah einmal abgesehen!

Der Winter kam, meine Hoffnungen auf eine baldige Rückkehr Evas schwanden mit dem Tageslicht immer weiter dahin. Sarah hatte mit Hilfe von lieben Nachbarinnen ihr Kind bekommen, einen kleinen Sohn – sie wollte ihn unbedingt nach seinem Vater nennen. Liebevoll und fürsorglich kümmerte sie sich um den kleinen Kain.

Da sie ja keinen Mann hatte, der sich um Haus und Hof kümmern konnte, blieben diese Arbeiten auch an mir hängen; an manchem Abend fiel ich wie tot auf mein Lager.

Der Winter ging vorbei, das Frühjahr kam – keine Spur von Eva; meine Einsamkeit wurde immer größer.

An den Nachmittagen, wenn ich einmal nicht arbeiten musste, kamen jetzt häufiger Sarah und der Kleine zu mir auf Besuch - das zumindest waren immer sehr schöne Stunden. Sarah erzählte mir viel aus ihrem Dorf jenseits des Berges, bereitete uns Tee und hatte manchmal zu Hause sogar kleine besondere Brote gebacken, die wunderbar süß schmeckten.

Eva und Adam

Eines Tages überraschte sie mich: 'Ich habe einen neuen Mann gefunden hier im Dorf, er möchte, dass der kleine Kain und ich mit ihm leben in meinem Haus!' So sehr mich diese Nachricht für die beiden auch erfreute: Jetzt wurde meine Einsamkeit noch größer, sie und der Kleine würden mich nur noch selten besuchen. Ich begann mich mit dem Gedanken zu beschäftigen, auch aus dem Dorf fortzugehen, alles stehen und liegen zu lassen und irgendwo ein neues Leben zu beginnen.

Bei diesen Gedanken habe ich aber einen Fehler gemacht: Ich habe zu viel und zu lange überlegt – so ein Plan muss spontan und aktiv angegangen werden, sonst wird daraus nichts, und so war es bei mir! Eva hatte den Plan für ihren Weggang, hat ihre Sachen gepackt und ist losgegangen, ich habe aber vor lauter Überlegungen den Start nicht gepackt, und dann hatte mich die Routine wieder mit Haus und Hof und Tieren und Feldern! Und nicht zu vergessen meine Befürchtung: wenn ich dieses Dorf verlassen würde, könnte mich meine Eva bei ihrer Rückkehr, an die ich noch immer felsenfest glaubte, nicht wiederfinden!

Es kam wie erwartet: Sarah nahm ihren neuen Mann in ihr Haus auf – das Haus, an dessen Bau ich auch so viele Stunden gearbeitet hatte, gemeinsam mit meinem Sohn, und immer, wenn ich daran vorbeikam auf meinem Weg in die Felder, sah es mich vorwurfsvoll aus seinen Fensternischen an ...

Bei dem Gedanken an meine Söhne übermannte mich jedes Mal eine tiefe Traurigkeit, und immer wieder kamen mir die Gedanken wie 'hätte ich das verhindern können' oder auch 'wenn ich ebenfalls zu der Zeit am Opfertisch gewesen wäre' – oft aber habe ich auch daran gezweifelt, ob ER es wirklich gut mit uns gemeint hat, denn dann hätte ER doch auch Kains Opfer anerkennen müssen, oder?"

Adams Blick geht, Zustimmung erheischend, in die Runde.

Zu dem Thema ist jetzt erneut Piet gefragt. „Ich weiß nicht, ob du Recht hattest, lieber Adam, denn wer kann schon SEINE Wege und Beweggründe erforschen. Ich weiß auch nicht, ob es Gründe für IHN gab, Abels Opfergabe anzunehmen und die von Kain nicht, und irgendwann vor dieser Katastrophe hat ER ja auch die Opfer von Kain angenommen. Wir müssen uns damit abfinden, dass nicht alles nach unseren Plänen und Vorstellungen laufen kann, denke ich, und müssen letztlich auf die Richtigkeit SEINER Entscheidungen vertrauen!

Es ist mir aber durchaus bewusst, dass das für viele Menschen unbegreiflich ist! Du solltest IHM deshalb trotzdem nicht zürnen, lieber Adam, wenn es auch schwerfällt und dir erst recht damals schwerfiel!"

Adam ist mit der Antwort von Piet nicht so richtig zufrieden, man sieht es seinem Gesichtsausdruck an, und auch die Freunde diskutieren noch etwas untereinander über die Argumentation von Piet. Dennoch berichtet er weiter aus seiner Zeit des Alleinseins.

„Ich war also wieder allein, weil Sarah jetzt ihren neuen Mann hatte. Aber sie kam trotzdem hin und wieder mit dem kleinen Kain zu mir herüber, wenn ich einmal Zeit hatte; leider war das ziemlich selten bei meinem Arbeitsprogramm.

Sicher, ich brauchte nur für mich selbst zu sorgen, aber ich hatte

Eva und Adam

alles so vorbereitet, dass Eva zu jeder Stunde wieder hätte bei mir sein können! Wie sehr sehnte ich mich nach ihr, dachte an unsere schönen Stunden im Garten, die gute Zeit hier im Dorf!
Hätte doch nur die Vergewaltigung nicht stattgefunden, hätte doch nur Kain nicht aus Wut über IHN seinen Bruder erschlagen – alles wäre gut gewesen! Stattdessen hockte ich nun allein in meiner Hütte und grübelte vor mich hin!
Der zweite Winter ohne Eva kam ins Land, und keine Spur von ihr! Ein Freund aus dem Dorf hatte sich sogar schon bei den Menschen hinter dem Berg erkundigt, ob sie dort gesehen worden wäre – nichts, und auch die Jagden auf Antilopen und andere Tiere, die wir hin und wieder durchführten und bei denen wir natürlich nach ihr Ausschau hielten, brachten mir kein Lebenszeichen von ihr.
So saß ich denn auch in diesem Winter deprimiert und einsam in meinem für mich allein viel zu großen Haus und grübelte. Ich hatte keine Lust, mich um die Tiere zu kümmern, tat es nachlässig und ohne die Freude, die ich früher daran hatte. Den Gedanken, mir eine neue Frau zu holen, verwarf ich schon im Ansatz, das kam für mich überhaupt nicht in Frage! Die ganze Zeit lebte ich nur von der Hoffnung auf ein Wiedersehen mit meiner Eva!"

Eva kommt wieder in den Gastraum, streicht ihm liebevoll über den Kopf, setzt sich wieder auf ihren Platz.
„Liebe Freunde!", nimmt sie das Wort, „wir haben euch heute so Vieles aus unserer schwersten Zeit damals erzählt, die sich schließlich noch zum Guten gewendet hat, darf ich schon einmal verraten! Aber für heute lasst uns auseinandergehen. Es ist jetzt

Eva und Adam

schon weit über Mitternacht, wir alle sind vom Zuhören und vom Reden erschöpft; ich möchte euch für den morgigen Sonntag gleich nach dem Mittag - vielleicht so etwa 14 Uhr? - einladen, den Rest unserer Geschichte zu hören.

Genießt jetzt noch in Ruhe euren Wein, nehmt bitte noch reichlich von den Kanapees, und dann wollen wir gemeinsam den Abend ausklingen lassen ..."

In der Tat, es hatten sich in der letzten Stunde schon gewisse „Aufmerksamkeitsdefizite" bemerkbar gemacht, hin und wieder konnte der eine oder die andere ein leichtes Gähnen nur mit Mühe hinter der vorgehaltenen Hand verstecken, und so erntet Eva allgemein ein zustimmendes Nicken.

„Wir werden gleich morgen früh unseren Aufenthalt im 'Hotel Rose' um einen Tag verlängern!" Anneke und Paul nicken Eva zu, und Piet meint: „Ihr könnt aber auch morgen Abend mit mir fahren, dann seid ihr schneller wieder zu Haus in Hoogeveen, und für mich ist es keine Mühe, dort vorbeizufahren!" Paul nickt ihm zu: „Ja, das ist ein toller Vorschlag, danke!"

Die ersten der Freunde erheben sich, holen ihre Jacken und Mäntel aus der Garderobe, umarmen Eva und Adam: „Danke! Danke für diesen wieder einmal wunderbaren Abend, wir freuen uns schon auf die Fortsetzung!" und gehen in die Nacht hinaus. Eva will schon das Geschirr und die Gläser wegräumen, als sie feststellt, dass Tabea und Betty diese Arbeit schon erledigt hatten.

„Danke, ihr Lieben!" freut sich Eva, „Und eine gute Nacht!"

Adam hat bereits die Stühle im Raum hochgestellt, damit am nächsten Vormittag nicht so viel Arbeit anfällt, als die letzten Gäste gehen.

Eva und Adam

„Wir sollten jetzt nichts mehr tun, ich bin hundemüde," meint Eva, „komm ins Bett!" Mit diesen Worten zieht sie ihren Adam am Ärmel, und die Beiden gehen in die Wohnung über dem Lokal. „Endlich schlafen! Gute Nacht, mein Schatz!" „Gute Nacht, träume was Schönes!" „Du auch!"

13. Kapitel

Eva und Kain

Eva und Adam

Sie haben gestern Abend vergessen, den Wecker zu stellen, und als Eva und Adam erwachen, scheint die Sonne schon hell in ihr Schlafzimmer.

„Jetzt wird es aber Zeit," Adam springt schwungvoll aus dem Bett, „ich bin dann schon mal im Bad!" „Beeil dich ein bisschen, wir sind knapp in der Zeit!" Eva dreht sich noch einmal um und zieht die Decke über den Kopf, und als Adam nach dem Duschen und Haare Föhnen wieder ins Schlafzimmer kommt, ist Eva anscheinend noch einmal wieder eingeschlafen, rührt sich nicht.

„Jetzt aber!" Adam zieht ihr die Decke weg – und findet Eva so vor, wie damals in SEINEM Garten, nämlich völlig nackt! Er beugt sich über sie und wiederholt die ersten Worte, die er damals zu seiner Eva gesagt hat: „Du bist schön!" Und dann legt er sich zu ihr, sagt noch „Du bist so weich!" und zieht die Decke wieder hoch …

Wenn sie das Lokal heute zum Mittag noch rechtzeitig öffnen wollen, müssen sie ihr vertrautes Beisammensein jetzt aber bald beenden – schließlich haben sie ja auch die Freunde für den Nachmittag eingeladen; nur schwer können sie voneinander lassen.

„Schade, dass wir wir nicht im Bett bleiben können …" - ihre gegenseitigen Blicke sprechen Bände!

Der restliche Vormittag ist voll mit Arbeit – schließlich müssen die auf der Karte angebotenen Gerichte vorbereitet werden, die Gaststube gereinigt und die Tische wieder schön dekoriert werden. Die ersten Gäste betreten schon das „Alte Zeiten", als die Beiden gerade ihre Arbeiten beendet haben.

Das Lokal wird heute gut besucht, und es gibt sehr viel zu tun.

Eva und Adam

Welch ein Glück, das Betty und Tabea schon früh am Mittag, Hand in Hand, hereinkommen – sie haben sich anscheinend sehr miteinander angefreundet.
„Können wir helfen?" Eva strahlt sie an: „Ihr seid unsere Rettung, wir haben total die Zeit verschlafen heute morgen!"
Wie selbstverständlich übernehmen die beiden jungen Frauen das Servieren und Abräumen, sogar Bestellungen der Gäste nehmen sie auf und geben sie an Eva, die in der Küche wirbelt, weiter – im „Alte Zeiten" läuft es heute besonders gut!

Gegen 14 Uhr flaut der Betrieb ab, die letzten der 'gewöhnlichen' Gäste verlassen das Lokal. Kaum ist das Geschirr abgeräumt, kommen schon die Niederländer an; eine fröhliche Begrüßung folgt, und es dauert nicht sehr lange, bis der Kreis der Freunde wieder vollzählig ist. Gertrud kommt als Letzte: „Verzeiht mir meine Verspätung, aber ich bin heute nicht so gut beieinander!"
„Aber liebe Gertrud, wir freuen uns doch sehr, dass du überhaupt kommen konntest, sei willkommen!" Adam nimmt sie freundschaftlich in die Arme. „Komm, setzt dich hierher, wenn du möchtest, bringe ich dir einen Kaffee, oder Tee, oder auch ein Glas Wasser!"
„Danke, lieber Adam, Kaffee wäre gut, damit mein Kreislauf wieder besser in Schwung kommt!"
Betty hat mitgehört, bringt Gertrud sofort das Gewünschte. „Ihr seid so lieb zu mir, danke!"

Die Runde ist komplett, fremde Gäste sind nicht mehr im Haus. Adam hängt das Schild „Geschlossene Gesellschaft" an die Außentür, niemand soll in den nächsten Stunden stören, und dann

161

Eva und Adam

setzt sich Eva, nachdem alle mit Getränken versorgt sind, auf den 'Erzähl-Stuhl'.

„Ich hatte euch gestern erzählt, dass in der Savanne ein mir völlig fremdes, ohrenbetäubendes Gebrüll zu hören war, das immer näher an mich herankam – und dann sah ich sie: Riesige Tiere, zwei-, ja fast dreimal so hoch wie ich, grau, die Beine hatten ungefähr meine Größe und meinen Umfang, wirklich beängstigend. Am Kopf hatten sie seitlich riesige Ohren, in die sie mich hätten einwickeln können, und als Nase ein dickes, bewegliches Rohr, so groß wie ein Baumstamm, das sie andauernd in der Gegend umher pendeln ließen. Besonders bedrohlich wirkten auf mich die riesigen, langen Stoßzähne!
Ich bekam es mit der Angst zu tun. Weglaufen war aussichtslos, nachdem mich die Ungeheuer nun schon entdeckt hatten und neugierig auf mich zukamen. Das größte der Tiere blieb unmittelbar vor mir stehen, sah mich aus seinen großen braunen Augen an – heute weiß ich natürlich, dass es Elefanten waren, die im ganzen Familienverbund umherzogen und die natürlich nur Pflanzen fressen, aber damals? Aber ich wusste sofort, dass ich mich vor den Riesen nicht fürchten musste.
Die friedlich in meiner unmittelbaren Nähe grasenden Tiere machten mir, trotz ihrer Größe, überhaupt keine Angst, im Gegenteil: Ich war versucht, den großen Elefanten einmal anzufassen, zu streicheln …

Als hätte er meine Gedanken gelesen, kam der Große ganz nahe an mich heran, umfasste mich plötzlich mit seinem Rüssel, sodass

Eva und Adam

ich Mühe hatte, mein Bündel festzuhalten, hob mich vom Boden hoch und legte mich hinter den riesigen Ohren auf seinen Rücken – welch ein Erlebnis!
Es war die alte, erfahrene Elefantenkuh, die ihre Herde anführte und auf deren Rücken ich jetzt durch die Gegend geschaukelt wurde.

Die Herde strebte zügig einem Wasserloch zu, das sie anscheinend schon aus großer Entfernung gerochen hatten, und die Tiere waren deutlich schneller, als ich laufen könnte. Unterwegs aussteigen war nicht möglich, sodass ich mich immer weiter von meinem ursprünglichen Weg entfernte und der Rauch des Feuers nicht mehr zu sehen war. Jetzt wurde mir doch etwas komisch zumute – was, wenn 'mein' riesiges Reittier mich hier irgendwo in der Wildnis absetzte? Wie sollte ich denn wieder zu anderen Menschen kommen? Leichte Panik machte sich in mir breit!
Wir, das heißt, die Herde und ich, waren am Wasserloch angekommen, und die Tiere genossen das Spielen im Wasser, tranken und machten irgendwie einen fröhlichen Eindruck, wenn man das von ihnen sagen kann ... Nur mein Reittier machte, zu meinem Glück, keine Anstalten, sich auch ins Wasser zu begeben, mit seinem langen Rüssel trank es nur aus dem Wasserloch, das von Büschen und Bäumen umgeben war. 'Eva, wie willst du denn weiterkommen, wenn die Tiere hier bleiben?' Diese Frage bewegte mich sehr, denn sie war überlebenswichtig für mich.
Aber andere Fragen beschäftigten mich ebenfalls, und je länger ich auf meinem Weg war, immer stärker: War es wirklich richtig, Adam und das Dorf zu verlassen, mich ganz egoistisch von allem befrei-

Eva und Adam

en zu wollen? Mein geliebter Adam litt sicherlich sehr unter unserer Trennung! Und dann noch die eigentliche, die wesentliche Frage: Was wollte ich überhaupt für mich erreichen? Sicher, durch die Ereignisse, die Begegnungen mit Tieren, das Leben in der Natur und das Zusammenleben mit fremden Menschen hatte ich viele Erfahrungen gesammelt, aber wogen sie den Verlust meines Adam und meiner Heimat wirklich auf? Ich begann, an meinem Vorgehen, meiner Flucht aus unserem Dorf zu zweifeln!

Die große Elefantenkuh riss mich aus meinem Grübeln. Mit einem ungeheuer lauten Trompetenstoß trieb sie ihre Herde aus dem Wasserloch und trabte – ich hatte Mühe, auf ihrem Rücken zu bleiben – ein Stück weit in die Richtung zurück, aus der wir gekommen waren, dann aber bog sie mit mir und der ganzen Herde ab in Richtung des Sonnenaufgangs. Die Herde hatte Mühe, ihr zu folgen, besonders die kleinen Tiere, aber sie ging unbeirrt ihren Weg, wohin auch immer!

Die Herde war, nach heutiger Zeitmessung, so etwa vier Stunden unterwegs, als ich am Horizont Rauch aufsteigen sah. 'Menschen!', war mein innerer Jubelschrei, 'Menschen!'

Die Herde hielt an. Ich lag mehr, als ich saß, auf dem Hals meines Reittieres, als es den riesigen Rüssel nach oben streckte, zu mir. Ein leichter Trompetenstoß sollte mir anscheinend klar machen, dass ich nun abzusteigen hätte, was ich gern tat, denn jetzt war ich ja wieder in der Nähe von Menschen.

Ich griff mit der einen Hand mein Bündel, setzte mich auf den Rüssel und hielt mich mit der anderen Hand, soweit möglich, gut fest. Wie mit einer Hebebühne, wie ich es heute bezeichnen würde, hob

Eva und Adam

mich meine graue Freundin langsam herunter, bis ich wieder festen Boden unter den Füßen hatte.
Anschließend trabte die ganze Herde wieder davon – welch ein Erlebnis!

Ich machte mich auf den Weg zu der Rauchfahne, dort mussten Menschen sein, die mir auf meinem Weg vielleicht nützlich sein könnten.
Obwohl ich sehr schnell ging, dauerte es noch fast bis zum Beginn der Dämmerung, bis ich die ersten Hütten erreichte.

Auch dieses Dorf war, ähnlich wie mein und Adams Dorf, als Runddorf mit einem großen freien Platz in der Mitte angelegt, in dem wie dort ein Feuer brannte, dessen Rauch ich gesehen hatte. Um das Feuer herum waren anscheinend alle Bewohner versammelt – sie tanzten wild, Männer und Frauen, rhythmisch zum Schlag eines Holzes auf einen hohlen Baumstamm, wofür ein Mann am Rande des Platzes saß, im Kreis herum, stießen hohe, spitze Schreie aus, warfen verzückt die Arme in die Höhe. Immer schneller wurde dieser Tanz, immer wilder wurden die Tanzschritte, immer ekstatischer die Bewegungen. Manche sanken zusammen, erschöpft von dem Tanz, vielleicht auch in Trance – das konnte ich vom Rande des Platzes nicht erkennen, und die anderen tanzten weiter, so lange sie konnten.
Der Rhythmus des Tanzes griff auch auf mich über, ich war versucht, mich ebenfalls zu ihm zu bewegen, ließ es dann jedoch lieber bleiben, denn der letzte der tanzenden Männer, alle anderen waren schon zusammengesunken, kam mit langsamen, leicht tau-

Eva und Adam

melnden Schritten auf mich zu.

Seine Augen flackerten, ein irgendwie irrer Blick traf mich; ich erschauderte, fasste meinen Stock, den ich, wie schon gesagt, zur Abwehr wilder Tiere immer mit mir führte, ganz fest, war bereit, mich im Falle eines Angriffs durch den Mann zu wehren.

Ganz kurz vor mir blieb er stehen, lallte irgendwelche für mich unverständlichen Worte – dann brach auch er zusammen.

Wie sollte ich denn nur in diesem Dorf bleiben können, wenn alle in Trance oder berauscht oder verwirrt waren? Eine Hoffnung hatte ich noch: Der Mann, der den Takt für den Tanz geschlagen hatte, war anscheinend nicht verwirrt, sondern ganz klar.

Ich ging zu ihm, versuchte, mit ihm zu sprechen: auch hier war zwischen uns völliges Unverständnis - er verstand mich nicht, ich verstand ihn nicht. Ich versuchte, ihm deutlich zu machen, dass ich ein Lager für die Nacht und etwas Verpflegung brauchte – er grinste nur, verstand mich nicht. Plötzlich erhellte sich sein Blick. Er stand auf, schüttelte sich etwas, dann nahm er ganz fest meinen Arm und führte mich zu einer der Hütten, wollte, dass ich hineinginge, was ich natürlich nicht vorhatte.

Wir standen noch vor der Eingangstür, als dort eine alte Frau erschien, ein Stein fiel mir vom Herzen, ich hatte schon das Schlimmste befürchtet! Sie sah mich freundlich an, sagte etwas zu dem Mann, der daraufhin davonging, und führte mich in ihre Hütte.

Ich hatte den Eindruck, dass sie eine Schamanin war, wie auch eine der Frauen im Frauendorf. Büschel von getrockneten Kräutern hingen an den Wänden, Schalen mit irgendwelchen Tinkturen standen herum, eine extra Liege stand mitten im Raum.

Eva und Adam

Sie machte eine einladende Handbewegung – ich sollte mich auf die Liege legen. Da ich von der Wanderung heute ziemlich erschöpft war und Vertrauen zu der alten Frau hatte, nahm ich ihre Einladung an und legte mich hin, mein Bündel fest an mich gepresst, es sollte nicht verloren gehen oder gestohlen werden.

Die alte Frau setzte sich neben mir auf einen abgebrochenen Baumstamm, der ihr als Sitzmöbel diente, hielt meine linke Hand, murmelte irgendetwas vor sich hin. Es dauerte nicht sehr lange, da schlief ich von ihrem gleichmäßigen Gemurmel ein.

In meinem Traum war ich wieder bei Adam in unserem Dorf. Abel spielte hinter dem Haus im Sand, zeichnete mit einem Stöckchen irgendwelche Kreise, legte Steinchen in die Rillen. Kain kam hinzu, zerstörte Abels 'Kunstwerk', lachte ihn aus. Abel fing an zu weinen, kam zu mir ins Haus. 'Geh nur wieder in den Hof', schlug ich ihm vor. Der Junge ging wieder hinaus, versuchte, seinen Bruder zu schlagen, was ihm nicht gelang, der lachte nur, denn er war größer und stärker. Voller Wut warf Kain mit einer Handvoll Sand nach seinem Bruder, der den im Gesicht traf, was wiederum zu großer Heulerei bei Abel führte.

Adam kam vom Feld heim, griff sich die beiden, gab jedem einen kräftigen Klaps auf den Po – dann war wieder Ruhe. Ich ging zum Feuer, das Abendessen vorzubereiten, es sollte Fladenbrot und Schaffleisch geben.

Es war finstere Nacht, als ich aus meinem Traum erwachte – die alte Frau hielt noch immer meine Hand.
Was war das in meinem Traum? Hatte es sich wirklich so zugetra-

gen in unserem Haus? Ich konnte mich nicht daran erinnern, es war ja auch schon so lange her! Die alte Frau redete auf mich ein, seltsamerweise konnte ich sie verstehen, und auch sie verstand anscheinend meine Antworten.
'Woher kommst du? Du bist allein, ohne deinen Mann, der in seinem Dorf auf dich wartet, weißt du das nicht? Geh wieder zu ihm!'
Wieso wusste die Schamanin von ihm? Hatte ich im Traum geredet? Ich konnte es mir nicht vorstellen!
'Schlaf weiter, Frau, der Tag kommt noch lange nicht herauf!', sagte sie mit ihrer ungeheuer beruhigenden Stimme zu mir, und ich schlief sofort wieder ein.
Keine Frage, die Schamanin hatte in der Nacht meine geheimsten Gedanken ergründet, denn am Morgen, als ich wieder richtig wach war, sprach sie davon, mir für meinen Weg nach Haus einen verlässlichen Führer zu besorgen. Ich frage mich, woher sie denn wissen konnte, in welches der Dörfer ich gehen müsse.

Der Dorfplatz lag friedlich da, das Feuer war bis auf eine Glut heruntergebrannt, die Menschen kamen schlaftrunken – nur schlaftrunken? - aus ihren Hütten, bestaunten mich, denn sie hatten mich ja überhaupt noch nicht wahrgenommen in ihrer Ekstase und der anschließenden Trance.
Die Menschen hier waren noch dunkelhäutiger als die in unserem Dorf, das hatte ich schon gestern gesehen, aber vermutet, dass sie vielleicht für den Tanz ihre Körper eingefärbt hätten, aber alle Männer und Frauen, die ich sah, waren dunkel, nur ein Mann nicht, der zuletzt aus seiner Hütte trat.
Er war hochgewachsen, hatte helle, glatte Haare, die ihm in die

Eva und Adam

Stirn fielen, und war sehr muskulös. Hinter ihm trat eine dunkle Frau aus der Tür, und mehrere, ich glaube vier oder fünf, ebenfalls dunkelhäutige Kinder. Als die Kinder mich sahen, kamen sie sofort zu mir gelaufen – ich war wohl sehr exotisch in ihren Augen. Die Situation erinnerte mich stark an Adams und meinen ersten Besuch in unserem Dorf!

Der Mann kam auf mich zu: 'Wer bist du, woher kommst du?' Ich war sehr verwundert, ihn in meiner Sprache sprechen zu hören, denn alle anderen mit Ausnahme der Schamanin verstanden mich ja anscheinend nicht.
'Mein Name ist Eva, Frau des Landmannes Adam!'
Der große starke Mann ging in die Knie und sah zu mir auf. 'Du bist Eva, die Frau von Adam? Frau, sieh!' und schob seine Haare zur Seite, 'sieh! Ich bin dein Sohn Kain!'
'Kain?' Ich konnte es kaum begreifen. Kain!
'Sieh das Mal, das ER mir einst gemacht hat!'
Jetzt versagten mir die Beine, und ich ging ebenfalls in die Knie.
'Kain? Kain, mein Sohn? Kain, mein geliebter Sohn?' Die Tränen rannen mir über das Gesicht, und ich musste ihn, den verlorenen Sohn, einfach umarmen. 'Kain! Kain! Dass ich das erleben darf!'
Gemeinsam erhoben wir uns, hielten uns umschlungen; die Frau und ihre Kinder sahen verwundert zu uns herüber.
'Lass uns zu meiner Familie gehen, du sollst sie kennenlernen!'
Wir gingen hinüber zu seiner Hütte, die Kinder, der Älteste war vielleicht so acht Jahre alt, liefen kichernd hinter uns her – war mit mir irgendetwas Besonderes? Ach ja, meine Hautfarbe, die sie ja bisher nur von ihrem Vater kannten.

Eva und Adam

Kains Frau Sidarit umarmte mich mit einem herzlichen Lächeln: 'Sei willkommen in unserem bescheidenen Heim!' So ähnlich drückte sie sich, in meiner Sprache, aus. Ob sie von Kains Tat damals in unserem Dorf wusste? Ich würde die Sache nicht ansprechen, auch wenn meine Gedanken immer wieder um dieses schreckliche Ereignis kreisten, das ja wesentlich zu meiner selbst gewählten Wanderung, heute würde ich sagen 'Odyssee', beigetragen hatte ...

Ich wurde reich bewirtet, und die Kinder hingen an meinen Lippen, wenn ich von meiner Wanderung erzählte.
'Du wunderst dich sicher über die vielen Kinder in meinem Haus – nun, Sidarit war Witwe, und bis auf zwei sind die Kinder von ihrem verstorbenen Mann.' Kain hatte meine Verwunderung bemerkt.
'Oh! Das finde ich sehr, sehr gut!
Sag bitte, Kain, was war das gestern gegen Abend für ein eigenartiger Tanz am Feuer, den ich da gesehen habe?'

'Nun, wir haben hier in meinem Dorf Hennoch einen besonderen Brauch, wenn ein Mensch gestorben ist, da bist du in einen Abschiedstanz geraten, für den uns die Schamanin einen besonderen, Kraft bringenden und die Seele reinigenden Trank gereicht hatte. Unser Dorfältester ist auf dem Weg zu den Geistern der Ahnen, und wir haben seinen Weg mit dem Tanz begleitet. Seinen Körper haben wir schon am Morgen für die große Reise auf seinen Acker gelegt; dort werden ihn die Geister abholen!'
Ein eigenartiger Brauch, dachte ich bei mir, da werden doch die Hyänen, die Vögel und auch die Termiten kommen und den Leib

fressen, aber gesagt habe ich nichts.

Kain und seine Familie wollten mich, denn es war schon später Nachmittag, in ihrer Hütte behalten – ich sollte nicht allein in die Nacht gehen.
'In wenigen Tagen werde ich der neue Dorfälteste, dann gibt es ein großes Fest, du solltest dabei sein!'
'Nein, ihr Lieben, morgen in der Frühe werde ich wieder gehen!'
Kain und ich redeten noch viel an diesem Abend, ohne das Thema 'Abel' anzusprechen. Erst als die Lichter fast verlöschten, kam er selbst darauf zu sprechen: 'Du musst mir glauben, ich wollte das nicht, ich wollte meinen Bruder nicht erschlagen! Aber immer hat Vater mich zurückgesetzt, meinte ich jedenfalls, immer war Abel der Liebling, und dann wollte ER auch nicht meine schwer erarbeitete Opfergabe annehmen. Ja, ich opferte nicht mit dem Herzen, sondern mir dem Verstand, um IHN gnädig für mich zu stimmen. Ich wollte anerkannt werden, vollwertig sein, aber anscheinend war ich nicht gut genug für euch und für IHN, und da habe ich die Wut bekommen und mit dem ersten Stein, den ich fand, zugeschlagen. Als Abel dann vor mir auf dem Boden lag, bin ich vor Schreck davongerannt, ohne mich um ihn zu kümmern, vielleicht hätte ich ihm ja sogar noch helfen können …
ER hat mich natürlich bei meiner Tat gesehen, und ich frage mich immer wieder, warum hat er sie nicht verhindert, ER hat doch die Macht dazu?! Kannst du mir darauf eine Antwort geben?'
Bei der Schilderung des Totschlags fing Kain an, ganz furchtbar zu weinen, die letzten Worte kamen nur noch schluchzend aus seinem Mund: 'Wenn ich das alles doch nur ungeschehen machen

Eva und Adam

könnte!'

Ich rückte an ihn heran, umarmte ihn: „Mein geliebter, mein verlorener, mein wiedergefundener Sohn! Ich bin so froh, dass wir uns hier getroffen haben und du dein Herz erleichtern konntest. Ich denke, dass ER mich von den Elefanten hierher zu dir geleitet, zu euch gebracht hat, und dafür danke ich IHM. Morgen werde ich mich wieder auf den Weg zurück zu deinem Vater machen, und in meinen Gedanken wirst du mich bis dahin geleiten. Deine Familie hier wird Großes erreichen, wenn du deinen Zorn im Zaum hältst, und wer weiß schon, ob wir uns dereinst noch einmal wiedersehen, mich würde es sehr freuen!'

Die letzten Lichter erloschen, und wir begaben uns auf unsere Lager – in dieser Nacht habe ich nicht viel Schlaf gehabt, zu viele Dinge gingen mir immer wieder durch den Kopf.

Der frühe Morgen mit seiner Kühle war mir durchaus Recht. Ich trat vor die Tür des Hauses und freute mich über die ersten Sonnenstrahlen, die mein Gesicht trafen. Das Gespräch gestern mit meinem Sohn hatte in meiner Seele für 'klare Luft' gesorgt, wie sie auch über dem Dorf lag. Sidarit brachte mir ein heißes Getränk, dazu auch noch Brote und Dörrfleisch als Vorräte, die ich in meinem Bündel verstaute. Wir sprachen nur über allgemeine Dinge, die Kinder schliefen noch, als ein Mann quer über den Dorfplatz auf uns zukam. 'Ich soll dich führen, hat die Schamanin gesagt. Komm.'

Wir verabschiedeten uns von einander - ich war glücklich, dass ich hier meinen Frieden mit Kain machen konnte. Ich sah mich nicht um, als ich mit meinem Führer das Dorf verließ, es ging für mich

Eva und Adam

jetzt nur voran mit dem Ziel 'Adam'. Ich wollte wieder nach Hause, in unser Dorf, zu meinem geliebten Mann!

Wir kamen sehr zügig voran, und durch meine Erfahrungen auf dem Weg bis in das hinter uns liegende Dorf konnte ich mit meinem Begleiter auch gut Schritt halten, wenn er auch sehr schnell mit mir unterwegs war ...
Geredet haben wir nicht miteinander – unsere Sprachen waren zu unterschiedlich, aber mit Händen und Füßen ging es ganz gut.
Als die Sonne sank, bereitete er uns ein Nachtlager unter einer Akazie, wie mir schien, entfachte ein kleines, rauchloses Feuer, fing und schlachtete ein kleines Tier, dessen Name ich nicht wissen wollte, briet es für uns. Zusammen mit dem Brot, das wir beide mitgenommen hatten, und Wasser aus unseren Trinkbeuteln war es ein recht gutes Mahl. Anschließend bedeutete er mir, dass ich mich zum Schlafen legen solle, und hockte sich, aufmerksam die Umgebung beobachtend, etwas an die Seite, nachdem er das Feuer sorgfältig gelöscht und die Reste unseren 'Bratens' ebenso sorgfältig vergraben hatte.
Ich hatte unbedingtes Vertrauen zu diesem dunkelhäutigen Mann, der jetzt für einige Tage mein Begleiter war, anders wäre es auch nicht möglich gewesen!"

Sie unterbricht ihr Erzählen und lehnt sich zurück, schaut in die Runde der gespannt zuhörenden Freunde: „Es ist sehr schön, dass ihr alle auch heute wieder kommen konntet. Adam und ich müssen aber unsere Geschichte vielleicht etwas verdichten, sonst kommt ihr auch heute noch nicht wieder in eure Heimat!"

Eva und Adam

14. Kapitel

Das Wiedersehen

Eva und Adam

Eva bittet die beiden jungen Frauen, für Kaffee, Tee und Kuchen zu sorgen, die sie schon am Vormittag für ihre Gäste vorbereitet hat. „Während wir uns etwas Leckeres gönnen, kann ich ja vielleicht schon weitererzählen", schlägt sie vor, während Getränke und Kuchen serviert werden. „Bitte bedient euch reichlich, es soll schließlich ein schöner Nachmittag werden!"
Belustigt wirft Ulrike ein: "Es war ja auch soooo langweilig bisher mit euch, da muss ja unbedingt etwas zur Motivation geschehen!" und greift gern zu einem Stück von dem herrlich duftenden Apfelkuchen. „Das Rezept muss ich haben!" sieht sie Eva begeistert an, „Kannst du es mir aufschreiben?"
„Mache ich nachher, wenn wir mit dem Erzählen fertig sind, aber du solltest mich noch einmal daran erinnern, mir gehen seit Freitag so viele Dinge durch den Kopf, ich könnte deinen Wunsch vergessen!"
Eva schenkt sich eine zweite Tasse Kaffee ein, nimmt noch einen Bissen von der ebenfalls sehr leckeren Himbeertorte und setzt ihr Erzählen fort.

„Wir waren schon einige Tage unterwegs, und meine Kräfte begannen so langsam zu schwinden; außerdem gingen unsere Wasservorräte zu Ende. Walid, wie ich meinen Begleiter und Führer in Gedanken nannte, denn seinen Namen hatte er mir nicht gesagt, machte das alles nichts aus. Morgens, wenn der Tau auf die Erde fiel, fing er das Wasser mit großen Blättern auf und leitete es in unsere Wasserflaschen, als die Vorräte aufgebraucht waren, und nach einem spartanischen Frühstück marschierten wir zügig

Eva und Adam

weiter. Eines Mittags sank ich, völlig erschöpft, zu Boden: 'Ich kann nicht mehr!'

Mein kräftiger Begleiter, wirklich ein Traum von einem Mann, muss ich sagen, half mir wieder auf und suchte für die Mittagszeit einen schattigen Platz unter einem Busch, der ziemlich vereinzelt in diesem Teil der Savanne wuchs.
Wir lagerten noch nicht lange, als er auf eine große Wolke am Himmel zeigte. Sollten wir schon den Rauch von einem großen Feuer sehen? Eigenartigerweise kam der Rauch langsam immer weiter auf uns zu – es war kein Rauch, das wurde mir bald klar, es war ein Sandsturm, der sich uns immer weiter näherte!

Er machte mir klar, dass ich meine Sachen ganz fest an mir halten sollte, und versuchte, mit den Händen eine Grube in den Sand zu graben, in die wir uns dann kauern könnten, aber es gelang ihm nicht – der Boden unter dem losen Sand der Oberfläche war einfach zu fest. Inzwischen war der Sandsturm schon so weit herangekommen, dass wir ihn spüren konnten. Gräser und Sträucher wehten über uns hinweg, der Sand wirbelte auf, wehte uns in die Augen, in den Mund. Ich kannte bisher noch keinen Sandsturm, aber diesen würde ich niemals vergessen.

Walid zeigte mir, wie ich mich ganz eng an den Boden zu pressen, den Kopf vom Wind abwenden, die Hände über Kopf und Gesicht verschränken und mein Bündel unter mir begraben sollte. Der Sturm nahm an Stärke zu, ich hatte Angst, zum ersten Mal Angst um mein Leben. Immer heftiger wurde der Sturm, der Sand, wo er

Eva und Adam

den Körper traf, stach wie mit Nadeln, alles schmerzte – wie musste der Mann darunter leiden, der nur sehr knapp bekleidet war. Als der Sturm für einen kurzen Augenblick nachließ, legte er sich gegen die Windrichtung ganz eng neben mich, um mich abzuschirmen gegen das 'Ungeheuer Sand'.

Schon nach kurzer Zeit nahm der Sturm wieder zu, ich hielt die Arme über dem Kopf verschränkt, und spürte, dass Walid mich umfasste, ganz fest in seinen Armen hielt. An meiner dem Wind abgewandten Seite wehte der Sand zu einer kleinen Düne hoch, und ein Ende der Qual war nicht abzusehen, schon gar nicht von mir. Sowieso: in der Umklammerung durch Walid spürte ich den Sturm nicht mehr so sehr, dafür allerdings die Wärme, das Herandrängen meines Begleiters – 'wieso ist mir das eigentlich recht angenehm?' fragte ich mich im Tosen der Naturgewalten, in dieser extremen Lage.

Wie abgeschaltet, war der Sturm plötzlich vorbei, eine bedrückende Stille legte sich auf das Land und auf uns. 'Jetzt könnte er mich eigentlich wieder loslassen!', dachte ich bei mir, aber ihm gefiel die Situation – er wartete anscheinend nur auf ein Zeichen von mir, um mir noch deutlich näher kommen zu dürfen, aber damit hatte er Pech gehabt, daran war ich wirklich nicht interessiert – schlagartig kamen die Erinnerungen an meine Vergewaltigung in mir hoch.

Ich befreite mich aus seinen starken Armen und schüttelte den Sand aus meinen Kleidern, befreite auch mein Bündel von richtigen kleinen Sandbergen. Walid war ebenfalls aufgestanden, streifte den Sand vom Körper und sah mich, wie mir schien, enttäuscht an.

Eva und Adam

Ich schüttelte den Kopf, um ihm klarzumachen, dass es zwischen uns nichts werden könne – er verstand meine Mimik und Gestik, er verstand aber auch mein 'Danke', das ich ihm irgendwie, mit Händen und Füßen, deutlich machte.

Mit dem Sandsturm war auch das Tageslicht fast verschwunden, und wir bereiteten gemeinsam unseren nächtlichen Lagerplatz vor. Ein kleines Tier zu erlegen war für Walid heute nicht möglich, alles jagdbare Getier hatten sich vor dem Sturm in Sicherheit gebracht.
Nach einem heute ganz, ganz einfachen Abendessen legte ich mich zur Nacht, im Stillen aber mit der Furcht, der Mann könnte erneut Appetit auf mich bekommen.
Als ich nach einem schlechten, unruhigen Schlaf im frühen Morgen erwachte, hatte mein Gefährte schon Feuer entfacht und briet Fleisch, dessen Art und Herkunft ich beim besten Willen nicht identifizieren konnte, und unsere Wasserflaschen hatte er auch schon wieder mit Tauwasser ein wenig gefüllt. Da wir sowieso nicht miteinander reden konnte, versuchte ich auch nicht, etwas über unser 'Frühstücksfleisch' zu erfahren.

Wir brachen bald auf – zum letzten Stück unseres gemeinsamen Weges, was ich jedoch nicht wusste. In der Ferne war wieder einmal Rauch zu sehen, diesmal wirklich Rauch eines Feuers, und hinter dem Rauch erkannte ich einen Berg, der mir bekannt vorkam. Sollte es der Berg in der Nähe unseres Dorfes sein?
Walid blieb stehen, auch er hatte den Ort erkannt, zu dem er mich bringen sollte, sah mich mit seinen dunklen Augen wehmütig an – ich glaube, er hätte mich gern für sich gewonnen, obwohl ich doch

Eva und Adam

deutlich älter war als er. Dann kam er auf mich zu, umarmte mich wortlos, als wolle er mich festhalten, dann drehte er sich um und ging, ohne zurückzuschauen, mit schnellen Schritten davon.
Ich sah diesem ganz besonderen, großen, starken, dunkelhäutigen Mann noch lange hinterher, bis ich schließlich meinen Weg zum 'Dorf hinter dem Berg', wie wir immer gesagt hatten, einschlug. Jetzt war ich nur noch zwei, drei Tagesmärsche von meinem Heimatdorf entfernt!

Und nun, mein Liebster, bist du wieder mit dem Berichten an der Reihe, ich brauche schon wieder eine Pause!"

Eva richtet sich auf, atmet ganz tief durch. „Es war schon eine sehr, sehr schwierige Zeit für uns damals, nicht wahr, Adam?" Der nickt sinnierend vor sich hin.

„Lasst mich erzählen, was die größte Freude in meinem damaligen Leben war!", Adam setzt das Erzählen fort.
„Nach all den einsamen Stunden, nach der unmittelbaren Trauer um meine Söhne, nach der Verzweiflung wegen ihres Weggangs, der vielen Grübeleien kam jetzt sie auf mich zu, jetzt, da ich es schon kaum noch zu hoffen gewagt hatte!
Ich war gerade bei den Schafen, um von einem Muttertier Milch für den kleinen Kain zu holen, als ich sie in der Ferne entdeckte. Mein Herz schlug mir fast zum Halse heraus, vor freudigem Erschrecken fiel mir der Topf mit der schon gemolkenen Milch aus den Händen. Sie war es! Sie war es wirklich, und mit jedem Schritt, mit dem sie mir näher kam, wurde mir bewusster, wie sehr ich sie vermisst hat-

Eva und Adam

te.
Eva kommt – nur dieser Gedanke beherrschte mich – Eva kommt zurück zu mir, zu uns! Ich ließ alles stehen und liegen, ließ Milch Milch und Schaf Schaf sein, und rannte ihr entgegen, so schnell es meine doch inzwischen schon etwas müderen Beine zuließen.

Eva kommt!

Sie sah mich ebenfalls, nahm ihr Bündel und schleuderte es schwungvoll irgendwo hin, rannte los, auf mich zu.
In der Nähe des Opferaltars, der immer noch von mir benutzt wurde und auf dem schon so manches Schaf sein Leben ließ wegen meiner Bitten an IHN, mir Eva wieder zurückzubringen – hier an dieser Stelle trafen wir wieder zusammen, nahmen uns in die Arme, sanken zu Boden, küssten uns wieder und wieder und wieder!
Eva ist wieder da!
Wortlos, außer Atem, beide von Tränen überströmt vor Glück, fielen wir uns in die Arme!

Ich weiß nicht, und Eva hat es auch wohl vergessen, wie lange wir, innig umschlungen, auf der Erde gekniet haben. Irgendwann schmerzten uns aber davon die Knie; wir suchten Evas Bündel, gingen Arm in Arm zum Dorf, zu unserem Haus.
'Eva ist zurück!' Ganz laut rief, nein schrie ich diese tolle Nachricht über den Dorfplatz. Die Menschen kamen aus ihren Hütten, rannten zu uns, allen voran Sarah mit dem kleinen Kain, der aber mehr stolperte als lief und von seiner Mutter immer wieder an der Hand

genommen wurde.

'Du bist wieder da!' Hände schütteln, Schulterklopfen, Umarmungen - das ganze Dorf freute sich mit uns.

'Wir wollen heute am Abend ein Fest feiern, und ich werde einen Schafbock opfern! Jetzt aber lass uns ins Haus gehen!'

Eva beugte sich zu dem kleinen Jungen hinunter, der an Sarahs Hand stand, fragte ihn nach seinem Namen: 'Kain, ich bin Kain!'

Eva schrak etwas zurück, erstaunt, verwundert. 'Du heißt Kain? Ich hatte auch einmal einen Jungen, der deinen Namen trug.'

'Ja, er heißt Kain, wie sein Vater!' sagte Sarah und umarmte Eva noch einmal herzlich, 'Ich wollte es so!'

Eva sah mich an, sah Sarah und den Kleinen an: 'Dann ist es gut so! Lass uns jetzt ins Haus gehen, ich bin von dem langen Weg etwas erschöpft!'

Wir trennten uns von den vielen lieben Menschen, die in ihre Häuser zurückkehrten, und gingen in mein, in unser Haus. Eva legte ihr Bündel ab. 'Hast du noch etwas von meiner Kleidung aufbewahrt über die Zeit?' Hatte ich natürlich, alles war noch so wie vor ihrem Weggang.

'Ich will mir frische Kleidung anziehen!'

Sie entkleidete sich, und damit weckte sie natürlich mein Begehren nach ihr. 'Komm, wir wollen uns auf das Lager legen!' Eva widersprach nicht, legte sich auf die weichen Felle. 'Du bist so schön!' Diese ersten Worte an sie wiederholte ich auch an diesem Tag des Wiedersehens – es wurde ein sehr stürmischer Nachmittag in unserem Haus ..."

Eva, jetzt wieder erholt, errötet. „Das musst du doch nicht so deut-

Eva und Adam

lich erzählen! Es ist mir ein wenig peinlich, Adam!"
„Aber wenn es doch wahr ist! Schließlich haben wir schon an diesem ersten Nachmittag nach deiner Rückkehr unseren Jüngsten gezeugt!"
„Adam! Nun ist es genug! So genau will das doch niemand wissen!"

„Och, Eva, du musst dich doch nicht für deine Liebe zu Adam schämen! Schließlich wart ihr ja, wenn ich so nachrechne, gut zwei Jahre voneinander getrennt, und ihr habt keine Liebe gehabt in der Zeit, oder?" Tabea ist vorwitzig wie immer, sieht nacheinander zu Eva, zu Adam, und dann auch noch zu Betty.
„Ich denke auch, bei der Wiedersehensfreude war das doch ganz normal", meint auch Gertrud; die Männer halten sich bei dem Thema vornehm zurück.
„Ja", meint Eva, „Es waren mehr als zwei Jahre, denn den kleinen Kain kannte ich ja noch nicht!"
„Na siehst du, alles ist gut."

Adam ergreift wieder das Wort.
„Eva war natürlich ganz schnell in ihrem 'alten' Leben angekommen. Sie erzählte mir an unseren gemeinsamen Abenden im und vor dem Haus von ihren Erlebnissen während ihrer Abwesenheit, vor allem natürlich von ihrer Begegnung mit Kain. 'Er ist glücklicher Familienvater, und sein Dorf heißt genau so wie sein Ältester. Ich denke, er hat dieses Dorf begründet, als er nach seiner Vertreibung durch IHN eine neue Heimat gefunden hatte!'
Kein Wort hat sie mir aber damals von der, wie soll ich sagen – von

Eva und Adam

der liebevollen Bedrängung im Dorf der Frauen und auch nicht von den Annäherungsversuchen durch Walid erzählt – das kam erst viel später, und die Sache mit dem jungen Mann habe ich erst in unserer jetzigen Existenz erfahren! Na ja, es war ihr vielleicht etwas peinlich.

Da ich selbst in den vergangenen Jahren keine Frau begehrt hatte, gab es von mir auf diesem Gebiet auch nichts zu berichten, nur von meiner Trauer und unendlichen Einsamkeit …

Eva war schwanger, schon wenige Wochen nach ihrer Rückkehr erzählte sie mir davon, wir waren so glücklich darüber!

Unser kleiner Sohn Set, wie Eva ihn nannte, kam im späten Frühjahr des neuen Jahres zur Welt. Eva sagte wegen seines Namens zu mir: 'ER hat ihn mir als neuen Sohn für Abel gesetzt, deshalb habe ich ihm diesen Namen gegeben.'

Ich war ungeheuer stolz darüber, wieder einen Sohn im Haus zu haben, aber es würde natürlich noch so manchen Sommer und manchen Winter dauern, bis er mir auf dem Acker und bei den Tieren helfen könnte, aber darauf kam es auch nicht an – er war da!

Evas Liebe zu dem Kind war – war fast schon unbegreiflich intensiv, sie hütete den Kleinen wie ihren Augapfel, niemand und nichts sollte ihm Böses tun, ihn verletzen. Wenn er, als er heranwuchs, Dummheiten gemacht hatte, durfte ich ihn dafür nicht einmal bestrafen, und wenn ich es, was ja wirklich manches Mal nötig war, trotzdem tat, wurde ich von ihr mit 'Liebesentzug' bestraft!"

Eva sieht etwas verärgert zu Adam, der einen Schluck Kaffee nimmt, hinüber: „So schlimm ist es mit mir auch nicht gewesen – Liebesentzug! Ich habe den Kleinen nun mal so sehr geliebt!"

Eva und Adam

„Aber er hat schon viele Dummheiten gemacht, wenn ich so zurückdenke! Erinnerst du dich vielleicht daran, dass er einmal bei einem Schaf die Vorderbeine zusammengebunden hatte und sich schiefgelacht hat, wenn das arme Tier immer wieder auf die Nase fiel? Oder dass er mit Feuer gespielt hat und fast unsere Vorräte für den Winter abgefackelt hätte? Oder wenn er sich, statt Wasser aus dem Brunnen zu holen, versteckt hat und wir ihn bis in die Nacht hinein suchen mussten?"

„Jaaaa – aber das sind nun mal Streiche, die Jungen so machen, und ich konnte ihm auch nie richtig böse sein! Aber Liebesentzug - nein, das habe ich so nicht in Erinnerung, ich habe dich immer und auch immer wieder sehr geliebt!" „Das ist ja auch bis heute nie ein Thema gewesen, ich meinte eigentlich nur deine Großzügigkeit, was unseren Set betraf! Alles ist gut."

Anneke findet die Situation sehr lustig. „Und ich hab gedacht, dass zwischen euch immer nur eitel Sonnenschein gewesen ist – ihr seid ja schon damals ganz normal gewesen!"

„Ja, liebe Anneke, aber was ist schon normal? Unsere Erschaffung und unser Leben damals – war das normal? Unsere heutige dritte Existenz nach Paradiesgarten und dem Leben in den Anfängen der Zivilisation - ist das normal, war das normal?" Adam sieht sehr nachdenklich in die Runde. „Durch euer Interesse an unserer Geschichte ist mir, und ich denke, ist auch meiner Eva unser wundersames Leben so recht zu Bewusstsein gekommen, wir müssen euch eigentlich dafür sehr dankbar sein, ja, sage ich, wir sind euch dafür sehr dankbar!"

Schweigen in der Gaststube, Nachdenklichkeit. Betty greift nach

Eva und Adam

Tabeas Hand, sie tauschen einen langen Blick. Anneke streicht ihrem Paul über den Kopf, Piet nickt zustimmend: „Wenn mir in der letzten Woche auf unserem Kongress jemand Derartiges erzählt hätte wie das, was ich hier von euch erfahren habe, ich glaube, ich hätte ihn für verrückt erklärt! Es ist so ungeheuerlich, so unglaublich, was wir erfahren durften, dass wir noch sehr lange darüber werden nachdenken müssen, und jeder soll seine eigenen Schlüsse daraus ziehen. Eines aber steht für mich persönlich fest: Ich werde kein Wort darüber verlauten lassen, nicht in der Kirche, und nicht privat!"

15. Kapitel

Im Schatten des Regenbogens

Eva und Adam

Es waren natürlich einige Jahre, gute Jahre, in denen unser Set zum Mann heranwuchs, und in denen wir unserer täglichen Arbeit nachgingen, bis er schließlich eines schönen Tages (es war wirklich ein sehr schöner Tag!) mit den Worten 'ich werde mir eine Frau suchen' zu uns kam.

'Das ist in Ordnung, mein Junge, du bist jetzt alt genug dafür, und du bist auch stark und klug genug, um dir hier im Dorf ein Haus zu bauen.'

'Nein, nicht hier im Dorf! Ich werde in die Welt gehen, wie meine Mutter es damals getan hat, und dort, wo es mir gefällt, werde ich bleiben – dieses Dorf ist mir einfach zu eng!'

Schlagartig holte mich meine damalige Traurigkeit wieder ein, aus der mich auch Eva zunächst nicht befreien konnte. Schon wieder nahm ER uns einen Sohn, unseren Jüngsten, das Kind unserer Wiedersehens-Freude! Schon wieder wurden wir von IHM für etwas gestraft, von dem wir nicht einmal wussten! Wir waren beide verzweifelt, als Set tatsächlich schon am nächsten Tag sein Bündel schnürte, Wasser und Essen verpackte, den großen Stock, den Eva auf ihrer Wanderung mitgeführt hatte, bereitlegte. Ach ja, und ein Steinmesser, wie es vor einigen Jahren in unserem Dorf erfunden wurde, packte er ebenfalls ein.

Schon früh am nächsten Morgen, nach einem ausgiebigen gemeinsamen Frühstück im Hof unseres Hauses, brach er auf. 'Junge, willst du es dir nicht noch einmal überlegen?', fragten wir ihn, ein energisches Kopfschütteln war die Antwort, und dann stand er auf, umarmte uns beide, ging über den Dorfplatz davon, ohne sich

Eva und Adam

noch einmal umzusehen - wie einst seine Mutter!"

„Das hat euch doch bestimmt völlig fertiggemacht?", mutmaßt Gertrud und sieht zu den Beiden hinüber.
„Kann man wohl sagen, ihr Lieben, kann man wohl sagen!", antwortet ihr Eva, „aber ich durfte ja eigentlich überhaupt nichts daran kritisieren, bei meiner Vergangenheit!"
„Das stimmt, meine liebe Eva, aber gesagt hast du trotzdem etwas!" entgegnet Adam, „und zwar etwas existenziell Wichtiges!"

Gespannte Blicke von den Freunden ruhen auf ihr.
„Ja, ich habe gesagt: Wenn keiner meiner geliebten Söhne mehr bei uns sein will und kann, dann wollen wir auch nicht mehr hier sein!"
„Heißt das, du hast Selbstmordgedanken gehabt?" Bernd ist ganz entsetzt. „Das ist doch keine Alternative!"

„Nein, nein, lieber Bernd, es waren keine Selbstmordgedanken, aber wir beiden Alten jetzt hier in dem Dorf hatten keinerlei Freude mehr in unserem Leben, denn auch Sarah mit ihrem Mann und dem kleinen, jetzt großen Kain war inzwischen in ihre Heimat gegangen – ihr Haus stand leer wie unser Leben. Wir hatten keine Aufgaben mehr, die Felder, der kleine Garten hinter dem Haus und die Tiere waren uns ziemlich egal, wir versorgten zwar alles, aber nur, soweit unbedingt nötig.

Zwischen Adam und mir war seit Sets Weggang so etwas wie eine Mauer, wir konnten einfach nicht mehr zueinanderfinden – es war

Eva und Adam

schrecklich für uns beide!
Der Winter kam – wo Set jetzt wohl sein mag, das Frühjahr – wie es Set jetzt wohl geht, der nächste Sommer – ob Set schon eine Frau gefunden hat? Alle unsere Gedanken drehten sich um Set, drehten sich immer wieder um Set.

An einem schönen sonnigen Herbstmorgen, die Ernte war eingebracht, ging Adam zu den Tieren.
Mit lautem Rufen kam er bald zurück: 'Wölfe haben fast alle Schafe gerissen, und die Ziegen haben das Weite gesucht!'
Die Wölfe, die in SEINEM Garten einmal unsere Freunde waren, hatten fast unsere gesamte Existenz zerstört!
Weinend sank Adam zu Boden, konnte sich kaum fangen, und mir blieb nur, ihn zu umarmen.
'Wir wollen IHN fragen, warum das alles so geschehen ist, warum ER uns so straft'. Energisch sprang Adam plötzlich auf: 'Lass uns zum Opferstein gehen, IHN befragen!'

Gegen Abend gingen wir hinaus, ohne Wiederkehr, wie wir aber noch nicht wussten, vorbei an der Stelle, an der Kain seinen Bruder getötet hatte, vorbei an den toten Schafen. Hand in Hand gingen wir, jeder hing seinen Gedanken nach.
'Sag', sprach Adam mich an, 'was soll denn jetzt aus uns werden, haben wir denn überhaupt noch eine Zukunft?'
'Ich weiß es nicht, mein geliebter Mann!'
Wie lange hatte ich das nicht zu ihm gesagt!

Wir kamen zum Opferstein, hatten aber nichts zum Opfern. 'Wie

Eva und Adam

soll ER von uns wissen, wenn wir kein Feuer haben, kein Opfertier, wenn kein Rauch in den Himmel steigt?'
'Ich weiß es auch nicht, meine Liebste!'

'Komm, wir setzen uns auf den Opfertisch, vielleicht nimmt ER uns, ganz ohne Feuer, als Opfergaben an!'
Eng umschlungen saßen wir auf dem Opfertisch, als ER plötzlich vor uns stand, hinter ihm und neben ihm große Engelsgestalten, die leuchteten wie die Blitze eines Gewitters.
«Kommt mit mir,» sprach ER, ganz leise, «kommt mit mir!»
ER ging voraus, und wir folgten IHM, hinter uns die Engel, bis zu der Stelle am Fluss, an der wir vor langen, langen Jahren angespült wurden.
«Hier wartet, bis ich euch rufe!»

Wir setzten uns ans Ufer und hingen unseren Gedanken nach.
'Was soll das werden, welche Pläne hat ER für uns?' Adam sprach aus, was auch ich dachte".

„Was sollte das werden?" stellt Ulrike die gleiche Frage, die Adam schon gestellt hatte.
Der ergreift jetzt das Wort.
„Bevor ich euch vom letzten Akt unseres Lebens damals berichte, lasst uns noch ein wenig von Evas wunderbaren Kuchen genießen und noch etwas Kaffee oder Tee trinken, ich denke, wir haben noch von allem?"

„Adam, Eva, erzählt bitte weiter, was ist denn dann geschehen?"

Eva und Adam

Ganz aufgeregt sieht Tabea die Beiden an, „Lasst uns doch nicht so zappeln!"

„Was dann geschah? Davon wissen wir nur einen Teil, der endgültige Schluss ist uns nicht bekannt.
Wir saßen also am Ufer des Flusses, der uns einst aus SEINEM Garten hier an Land gespült hatte, eng umschlungen, schweigend, und hingen unseren Gedanken nach.
'Adam", sprach Eva mich an, 'was denkst du?'
'Wahrscheinlich das gleiche wie du – ER wird uns sagen, wie es weitergeht, ER wird uns den Weg zeigen!'
'Meinst du das wirklich? Hat ER uns nicht schon einige Male Unheil erfahren lassen, uns zum Weinen gebracht, unsere Söhne vertrieben, ja, sogar jetzt unsere Existenz vernichtet? Können wir IHM denn wirklich vertrauen, will ER wirklich Gutes für uns? Ich habe da so meine Zweifel!'
'Ach, Eva, haben wir denn eine Alternative? Willst du jetzt, in der Dämmerung, wirklich wieder ins Dorf gehen und so weitermachen wir bisher, alles neu aufbauen, in unserem Alter noch einmal neu beginnen? Wollen wir uns denn wieder gegen SEINEN Willen stellen? Ich habe dazu keinen Mut, keine Kraft mehr. Am liebsten würde ich mich hier auf die Erde legen und abwarten, was kommt; vielleicht fressen mich dann die Wölfe.'
'Nein, mein lieber, mein geliebter Mann, das lasse ich nicht zu, sei doch nicht so verzweifelt, ich bin doch bei dir! Gib nicht auf! Trotz der schlechten Erfahrungen sollten wir IHM noch ein letztes Mal vertrauen, uns IHM anvertrauen. Irgendwie hat ER, denke ich, einen ganz bestimmten Plan für uns!'

Eva und Adam

Immer noch eng umschlungen saßen wir nebeneinander, hielten uns ganz fest, als im Dickicht des Waldes, durch den der Fluss ging, Helligkeit aufleuchtete. Gleichzeitig erschien am Horizont, über den Fluss hinweg, ganz schwach ein Regenbogen, der langsam immer intensiver wurde.

'Ein Regenbogen, jetzt, hier, ganz ohne Wolken und Regen? Ein Licht im Dickicht?' fragte ich Eva, und die sagte nur ein Wort:

'ER!'

ER stand ganz plötzlich, wie aus dem Nichts gekommen, vor uns.

«Ich werde euch gleich in eine andere Welt führen, in eine Welt, die ganz anders ist als alles, was ihr bisher kennt. Ihr werdet voneinander getrennt sein, keiner wird noch vom anderen wissen, ihr seid ganz allein dort.

Aber ihr werdet glücklich sein, und in einer fernen Zukunft werdet ihr neu geboren werden, und dereinst auch wieder vereint.

Nein, ihr werdet keine Schmerzen haben, nicht am Leib, nicht an der Seele. Nichts in der anderen Welt wird euch unglücklich machen können, kein Leid wird euch geschehen. Vertraut mir!»

ER ging davon wieder, nein, eigentlich war ER plötzlich einfach nicht mehr sichtbar, und wir konnten ihn nicht einmal etwas fragen. Was hätten wir ihn denn auch fragen sollen?

Wie gelähmt saßen wir weiterhin umschlungen beisammen, versuchten zu verstehen, was ER uns gesagt hatte. Ganz schlimm haben wir empfunden, dass wir getrennt werden sollten. Nein, das wollten wir nicht, und so klammerten wir uns noch fester aneinander, als der Regenbogen immer näher kam, immer heller wurde, und das Licht im Dickicht immer greller strahlte.

Eva und Adam

'Schließe die Augen, damit du nicht geblendet wirst von dem hellen Licht', sagte ich zu Eva, die ihr Gesicht an meiner Schulter barg.

Der Regenbogen warf einen bunten Schatten auf die Erde, auf der anderen Seite des Flusses. Wir waren im hellen Licht, aber als ich zur Seite sah, waren wir schattenlos trotz der Helligkeit. Der Regenbogen wurde immer intensiver, kam noch näher, verformte sich zu einem Tunnel, drehte sich, kam über den Fluss. Das helle Licht strahlte uns an, sodass wir nichts mehr sehen konnten, ein Geräusch ertönte gleichzeitig, sehr angenehm und melodisch. Wir wurden von einer Windbö, einem Luftwirbel, wie ich es heute bezeichnen würde, erfasst, der uns in den Tunnel hineinschob. Immer schneller bewegten wir uns darin, auf das helle Licht zu, bis wir plötzlich irgendwie umhüllt wurden. Diese Umhüllung war wie ein Nebel, sie lähmte unsere Glieder; ich musste Eva loslassen, trieb allein weiter, konnte meine geliebte Eva nicht mehr sehen, trieb immer weiter zum Licht.

Bilder erschienen in meinen Gedanken, vor meinen Augen, Bilder aus dem Paradies, SEINEM Garten, Bilder unserer Vertreibung. Bilder aus dem Dorf, unserer Kinder, Kains Brudermord. Bilder aus meiner Einsamkeit, unserem neuen Glück mit Set – und dann Wölfe, die unsere Schafe reißen, auch über Eva und mich herfallen wollen. Einen schrecklichen Schrei der Verzweiflung stieß ich aus, suchte Eva, fand sie aber nicht mehr wieder.

Als ich das helle Licht fast erreicht hatte, schwanden mir die Sinne – von diesem Augenblick an kann ich mich an nichts mehr erinnern!"

Eva und Adam

„Transition"
Foto des Autors ca. 2000

Eva und Adam

Eva hakt an dieser Stelle ein:

„Mir ging es eigentlich ganz genau so. Panik machte sich in mir breit, als ich spürte, dass Adam mich nicht mehr festhielt und ich ganz allein war, und von diesem Zeitpunkt an verließen mich ebenfalls die Sinne - nichts von dem Kommenden ist mir bewusst geblieben.

Adam und ich haben in den letzten Jahren häufig über dieses Thema gesprochen, aber eine definitive Erinnerung ist dabei nicht herausgekommen!"

Eva und Adam haben die Berichte über ihre Erlebnisse in den verschiedenen Existenzen beendet, sehen sich an, umarmen sich.

„Liebe Freunde, das war unser Leben in der ersten und zweiten Existenz, in SEINEM Garten und in der richtigen, menschlichen Welt, wie wir immer zu sagen pflegen.

Jetzt wollen wir mit euch noch ein wenig im vertrauten Kreise zusammen sein; bitte nehmt euch von dem Kuchen und dem Gebäck, lasst euch noch etwas Kaffee oder Tee einschenken – Tabea und Betty, übernehmt ihr das? - und dann dürft ihr natürlich auch noch fragen, was euch interessiert!"

Es ist (fast) alles gesagt, und der offizielle Teil ist damit sozusagen beendet.

Die Stille in der Gaststube des 'Alte Zeiten' ist geradezu fühlbar, tiefes Nachdenken ist bei allen Gästen zu spüren ...

Es ist inzwischen später Nachmittag geworden, einige der Freundinnen und Freunde werden so langsam unruhig, der Weg nach Hause ruft, denn manche müssen noch viele Kilometer fahren,

Eva und Adam

wenn sie nicht doch noch in der schönen Stadt bleiben und den Abend dort genießen wollen.

„Und dann habt ihr euch hier in Hildesheim wiedergefunden?" Ulrike ist begeistert, „so eine schöne Liebesgeschichte habe ich noch nie gelesen oder gehört!"
„Na ja, es ist ja nicht nur eine schöne Liebesgeschichte!" schaltet sich Piet van Zwolle ein, „Es ist ja viel mehr! Es ist, und das sehe ich jetzt als Theologe, die wunderbare Geschichte von Gottes Wirken und Bewirken in dieser Welt, von seiner Macht, von unserer Ohnmacht, aber auch von Vertrauen und Zuversicht in seine Entscheidungen, natürlich, wie 'im richtigen' Leben, auch von Zweifeln und Enttäuschungen. Nicht zu vergessen die Geschichte von menschlicher Verzweiflung, von Versagen, von Angst und von Mut, und natürlich von eurer großen Liebe!
Ihr zwei, liebe Eva und lieber Adam, habt uns vieles aus eurem Leben erzählt und uns so Vieles gelehrt - wir alle danken euch dafür!"
Beifall wallt auf von allen Seiten der Tischrunde, die Freunde erheben sich, gehen zu ihren Gastgebern, nehmen sie in die Arme.
„Danke!" „Danke!"
„Nun ist es aber gut mir der Lobhudelei, ihr Lieben! Es war uns ein Bedürfnis und eine große Freude, in eurem Kreis unsere Geschichte erzählen zu dürfen – wir haben zu danken!" Eva hat das letzte Wort an diesem Tisch, bevor sich alle verabschieden.

Die Gäste sind gegangen, Adam verschließt die Eingangstür.
„Lass uns das Aufräumen morgen früh erledigen, komm, wir gehen nach oben."

Eva und Adam

Erschöpft sinken sie in die bequemen Sessel in ihrem Wohnzimmer oben über dem „Alte Zeiten". Es ist still im Zimmer.
Eva zündet ein paar Kerzen an. Adam holt eine Flasche von dem guten Muscadet, schenkt ihnen beiden ein Glas ein. "Auf uns!" - „Auf uns!"

„Es waren sehr schöne Stunden mit unseren neuen Freunden. Hoffentlich können sie unser Geheimnis bewahren!" Eva schaut nachdenklich.
„Ich denke schon, sie haben es uns ja auch versprochen! Aber davon abgesehen: Mir ist sehr vieles deutlich geworden in den drei letzten Tagen, Eva! Eine solche Liebe wie unsere überdauert die Zeiten, ist ewig. Wir haben uns von unserer Erschaffung an geliebt, und diese Liebe hält bis zum heutigen Tage – ich liebe dich!"
„Ich liebe dich auch - mit allen Fasern meines Herzens, und diese Liebe wird auch nie vergehen, bis ER uns irgendwann abberuft, vielleicht in unsere nächste, die vierte Existenz!"
„Aber damit darf ER sich ruhig noch ganz viel Zeit lassen!"

Die Kerzen brennen herunter. Der Klang der Weingläser schwingt leise aus.
„Komm, wir wollen schlafen gehen".

Eva und Adam

Nachlese

An einem Tisch des Cafés vor dem wiederaufgebauten „Knochenhauer-Amtshauses" am Marktplatz sitzen sieben Menschen, genießen den lauen Spätsommerabend, unterhalten sich nachdenklich, aber intensiv über ihre Erlebnisse der vergangenen drei Tage.
„Alles, was wir im 'Alte Zeiten' gehört haben, verwirrt mich total", meint Gertrud, „ich weiß jetzt überhaupt nicht mehr, was ich der Bibel glauben soll!"

„Es ist in der Tat sehr erstaunlich, was die Beiden uns da berichtet haben! Es würde ja bedeuten, dass sie nach über fünftausend Jahren wiedergeboren wurden, sozusagen aus der Ewigkeit in die Gegenwart gekommen sind!
Wenn ich das aus Sicht des Theologen bewerten soll, muss ich sagen: Bei Gott ist alles möglich. Wenn ich die Geschichte, die wir gehört haben, als Mensch unvoreingenommen betrachte, kann es nicht sein, dann haben uns die beiden eine sehr schöne Geschichte erzählt, aus der wir aber Vieles lernen konnten!" Piet hat sein abschließendes Statement abgegeben.

Die junge Tabea ist aber von Evas und Adams Geschichte hellauf begeistert. „Ich finde das alles ganz, ganz wunderbar, spannend und romantisch. Seht euch die beiden doch einmal an: Diese Menschen haben uns nicht angelogen! Vielleicht ist die eine oder andere Kleinigkeit ihrer Fantasie entsprungen, aber im Großen und Ganzen glaube ich ihnen – und dann noch diese ewige Liebe!"

Eva und Adam

Bernd wartet, bis die bestellten Getränke serviert werden, dann meint er zu dem spannenden Thema „wahr oder unwahr": „Ist es nicht eigentlich völlig gleichgültig, ob alles genau so war wie erzählt? Für mich steht fest, und da muss ich einfach dem Piet als Theologen zustimmen: Gott ist nichts unmöglich! Denn wenn ich daran zweifle, bricht mein ganzes Weltbild zusammen. Ich glaube den Beiden ihre Geschichte uneingeschränkt! Und denkt doch mal an die Parallelität ihres Eintritts in diese, unsere jetzige Welt: das allein ist doch schon ein Wunder!"

Die Gespräche, Statements, Diskussionen gehen noch lange hin und her, bis die Servierin kommt mit den Worten „Darf ich jetzt kassieren, wir schließen in wenigen Minuten!"

Ganz erstaunt schreckt die ganze Runde der Gäste auf – sie haben wieder einmal Zeit und Raum vergessen bei ihren intensiven Gesprächen.
„Ach, ehe ich es vergesse, liebe Tabea," wendet sich Betty an die Genannte, „Hier, das Bild, das ich gezeichnet habe, schenke ich dir!" und reicht eine wunderschöne Portrait-Studie an ihre neue Freundin – die natürlich vollauf begeistert ist: „Betty, danke!" und fällt ihr um den Hals.
„Und ich habe vergessen, das Apfelkuchen-Rezept von Eva mitzunehmen!" Gertrud schaut ein wenig enttäuscht. „Dann hol es dir doch morgen!" rät ihr Paul, „du hast dann doch noch Zeit!"
„Jetzt sollten wir aber so langsam …!" Piet drängt ein wenig zum Aufbruch, er hat noch viele Kilometer zu fahren.

Eva und Adam

„Aber lasst uns wenigstens noch unsere Adressen austauschen, wir sollten in Verbindung bleiben!" Anneke zückt ihr Smartphone, andere nehmen Zettel und Schreibstift; nach wenigen Minuten ist die Prozedur beendet.

„Lebt wohl, bis bald, wir hören voneinander!"

Anneke, Paul und Piet machen sich auf den Weg zum Parkhaus neben der Jakobikirche, die anderen gehen in ihr Hotel am Marktplatz - nur Tabea und Betty wollen noch ein wenig durch die Nacht streifen.

Die Nacht bricht herein. Die Lichter im Café erlöschen, nur noch wenige Spaziergänger sind auf dem alten Marktplatz zu sehen.
Am Himmel scheint ein voller Mond, die ersten Sterne blinken – ein Hauch von Ewigkeit, von Unendlichkeit liegt über der Stadt.

Eva und Adam

Die Personen

Personen der ersten Existenz (Im Garten Gottes)

ER

Adam

Eva

Personen der zweiten Existenz (aus dem Paradies vertrieben)

Kain, erster Sohn von Eva und Adam

Abel, zweiter Sohn von Eva und Adam

Borda, Schafzüchter aus dem Dorf

Walid, Evas Führer nach Haus

Kardim, junger Mann aus dem Dorf, vergewaltigt Eva

Sarah, Kains Frau

Kain junior, Sarahs und Kains Sohn

Set, der dritte Sohn von Eva und Adam

Die Personen der dritten Existenz

Eva Holdorf, Wirtin, und Adam Holdorf, städt. Angestellter und Stadtführer

Bernd, ein alter Herr, gehbehindert

Paul und Anneke aus Hogeveen

Ulrike, pensionierte Lehrerin aus Potsdam

Tabea, jugendliches fröhliches „Multitalent"

Piet van Zwolle, Theologe aus Groningen

Gertrud, ältere Dame, melancholisch

Betty, Kunststudentin aus Meinerzhagen

Lesen Sie auch:

Maria. Frau. Mutter. Heilige.
Der Lebensweg der Maria von Nazareth
Verlag BoD Books On Demand Norderstedt
15. Februar 2014
176 Seiten
11,99 €
Auch als E-Book erhältlich

Bathseba und David
Eine Liebe in alter Zeit
Verlag BoD Books On Demand Norderstedt
1. Oktober 2016
244 Seiten
11,95 €
Auch als E-Book erhältlich